ANNA RUCHAT

SCHATTENFLUG

Aus dem Italienischen von
Maja Pflug und Jacqueline Aerne

Limmat Verlag
Zürich

53 Sekunden vom Moment an, als du den Stillstand des Triebwerks bemerkt hast, und dem Aufprall am Boden. Warst du in jenen 53 Sekunden wirklich auf konkrete Lösungen konzentriert? Und die Warnsignale, hattest du sie unter Kontrolle? Wie viele Militärpiloten sind in der Schweiz in jenem Jahr abgestürzt? Sieben. Du hattest versprochen zurückzukommen. Du hattest versprochen, mit dem Kind auf den Spielplatz zu gehen, während sie sich auf ihr Diplom vorbereitet. Um dann mit ihr wegzuziehen, und dem Kind. Elfenbeinküste, hattet ihr entschieden. Du hattest ihr weitere Kinder versprochen, viele Kinder. Aber da liegen 53 Sekunden zwischen dir und künftigen Kindern, zwischen dir und dem kleinen Kind, zwischen dir und Afrika, zwischen dir und Gérard de Nerval und Albert Camus, zwischen dir und Bachs 51. Kantate, zwischen dir und Toledo und Salamanca, zwischen dir und der Agenda von 1959 und von 1961. Meiringen, der Kanton Bern, das Land deiner Mutter unter deinen Füßen – unter deinen Augen. Wie viel Zeit liegt in den 53 Sekunden, die dich von der Erde trennen? 53 Sekunden, sechs Kilometer von der Piste entfernt, und bereits ohne Funkkontakt. Eine kurze Vergangenheit und eine Zukunft, die heute immer noch anhält, dort ist alles verdichtet, in jenen 53 Sekunden; 53 Sekunden, ausgedehnt in eine endlose Zeit, eine Zeit, die unwichtig wäre, wäre da nicht diese geringe Distanz zum Boden.

Für meine Mutter

et à toi qui ne pourras pas lire ce livre

DIENSTPSALM

Ich sehe deine Augen
Gedenkst du ihrer?

Körperlänge 174 cm
Brustumfang 87 cm
Oberarm 26 cm
Gewicht 65 kg
Sehschärfe rechts 2,0
links 1,75
Hörschärfe rechts 6
links 6

Gesundheit ausgezeichnet

Ich sehe deine Augen
Deiner Finger Werk

Ordonnanzstiefel Größe dreiundvierzig
auf Wartung achten

Mond und Planeten von dir geformt

Ein Hunter-Flugzeug MK 58
im Besitz der Schweizer Luftwaffe seit 1959

Dübendorf, Meiringen, Payerne

Was ist der Mensch?

Offizier der Fliegertruppen
Matrikelnummer 766.36.IZH

Was ist der Mensch
dass du seiner gedenkst?

Fast noch ein Jüngling
schwarze Haare
braune Augen

Was weißt du
von den Menschenkindern?

Corseaux, 12. März 1936 – Meiringen, 25. Oktober 1960
Fast noch ein Jüngling

Gedenkst du
der Menschenkinder?

Die Armee sorgt für die Witwen und Waisen

Ich sehe deine Augen
den Mond und die Sterne
Was weißt du
von den Menschenkindern?

25. Oktober 1960
Der Hunter stürzt auf die Piste von Meiringen
Fast noch ein Jüngling

Ich sehe deine Augen
deiner Finger Werk
den Mond und die Sterne, die du bereitet hast

Was ist der Mensch?
Dass du seiner gedenkst?
Was weißt du
von den Menschenkindern?

GESANG DES SISYPHUS

Dann am Schluss sagt Robert zu Dorothy, dass er nach diesem Flug das Fliegen aufgeben würde. Und da stirbt er ja dann auch daran. Das wäre unvorstellbar, dass Robert sich wirklich mit Dorothy befassen würde, statt mit dem Tod.
RAINER WERNER FASSBINDER, *Filme befreien den Kopf*

Mama und Sofia leben im Erdgeschoss eines Wohnhauses am Rand einer Kleinstadt. Draußen gibt es einen Garten, eine Schaukel und einen Schneeballstrauch.

Der Hunter MK 58 ist Dienstag, 25. Oktober um 15.55 infolge eines Triebwerkschadens über dem Militärflughafen Meiringen abgestürzt. Bei dem Aufprall wurde das Flugzeug vollkommen zerstört, und der Pilot, Wachtmeister Kurt R., war sofort tot.

Mama hat flammend rote Haare und trägt sie zu einem dicken, festen Zopf geflochten, der ihr über den Hals und einen Teil des Rückens hinabhängt. Sie kauft viel Schokolade und isst sie dann nachts, während sie an den Plänen arbeitet, den Arm auf das Reißbrett gestützt, ohne je den Kopf zu heben: Mit Bleistift – Lapis, Fixpencil, sagt sie – gezogene Linien bedeuten Mauern aus

Stahlbeton. Sie plant Schulen, Kindergärten, öffentliche Schwimmbäder, beteiligt sich an den Ausschreibungen, als wären es Widerstandswettbewerbe. Sofia schläft nachts, doch wenn sie aufwacht und Mama nicht neben sich spürt, schlüpft sie hinaus und legt sich auf den Schuhschrank im Flur der nicht sehr großen Wohnung, denn von dort sieht man das Licht aus dem Zimmer, in dem Mama arbeitet. Eine am Tisch festgeschraubte Schwenklampe aus Metall beleuchtet die Sperrholzplatte, die auf Böcken ruht, die Rollen aus Pauspapier, den glockenförmigen Spitzer. Den Arm, eine Schulter, eine Hand von Mama.

Der Hunter MK 58 ist am 25. Oktober 1960 um 15.55 infolge eines Triebwerkschadens über dem Militärflughafen Meiringen abgestürzt. Der Stillstand des Triebwerks

Mama hört nachts bei der Arbeit Mozart, ab Langspielplatten oder vom Tonband. Am Sonntagmorgen das *Requiem* auf höchster Lautstärke. Manchmal hantiert sie abends, bevor sie sich an den Zeichentisch setzt, im Wohnzimmer: mit einem halb professionellen Tonbandgerät mit großen gelben Spulen nimmt sie die Konzerte auf, die im Radio gesendet werden.

Bei dem Aufprall wurde das Flugzeug vollkommen zerstört, und der Pilot, Wachtmeister Kurt R., war sofort tot.

Im Wohnzimmer steht ein Klavier. Für Sofia, die Hände «wie Wackelpudding» hat, ein stummes Möbel. Du hast Hände wie Wackelpudding, sagt Mama jedes Mal, wenn sie sie zeichnen sieht. Der Stift kratzt auf dem Papier, die pummeligen Finger ziehen den Grafit und hinterlassen einen Rand. Sofia kann nicht zeichnen, ihr Strich ist unsicher, sie verschmiert das Blatt, zerknittert es, Sofia wird nicht Architektin werden wie Mama.

Wenn das Klavier aufgeklappt ist, betrachtet Sofia die weißen Tasten und die schwarzen, die dazwischen sind, die schwarzen gefallen ihr besser. Doch das Klavier ist fast nie aufgeklappt. Geschlossen und ohne ein Stäubchen steht es da. Mama spielt nur, wenn Sofia nicht im Haus ist. Manchmal hört Sofia sie vom Garten aus, beim Schaukeln oder wenn sie auf dem Granitmäuerchen sitzt und die Insekten im Gras beobachtet, seltener, wenn sie aus der Schule heimkommt. Mama sagt zu Sofia, dass sie gern am Konservatorium studiert hätte, und so, wie sie es sagt, klingt es wie ein Vorwurf.

Der Stillstand des Triebwerks hat einen Abfall des Hydraulikdrucks bewirkt, weshalb es nicht mehr möglich war, das Fahrwerk normal auszufahren.

Sofia und ihre Mutter haben keinen Fernseher. Die

Großeltern, die in einer anderen Stadt leben, haben einen, alle ihre Schulkameraden haben einen, und auch Mamas Freundin, die ganz in der Nähe in einem Einfamilienhäuschen wohnt.

Gegen Abend, oder wenn es regnet oder am Sonntagmorgen setzt sich Sofia im Wohnzimmer auf den Parkettfußboden und blättert eine alte Illustrierte durch, immer dieselbe: es sind Fotos, Schwarzweißbilder, die Geschichten ohne Worte erzählen. Manche Seiten sind zerknittert, andere sogar zerrissen und mit Klebeband wieder zusammengefügt. Die wenigen Bildunterschriften sind auf Englisch, aber das macht nichts, sie kann noch nicht lesen. Mama arbeitet im Nebenzimmer. Manchmal steht die Glastür offen, die zum Garten führt, und dann ist es Frühling. *Der Notgriff wurde nicht betätigt.*

Scheinbar hat der Pilot die überhöhte Geschwindigkeit erst bemerkt, als die Piste vor ihm lag.

Die Fotos zeigen Männer und Frauen in allen Lebenslagen, auf der Straße oder zu Hause, da sind lächelnde junge Mädchen, auf dem Pflaster oder in den Parks von großen Städten spielende Kinder. Da ist ein Mann im Unterhemd, der auf dem Trottoir einer befahrenen Straße eine Frau im Sommerkleid umarmt. Eine strahlende Frau mit einem Mann, der ihre Schultern umfasst, die Hände auf den dicken Bauch gelegt. Ein Vater, der in der rechten Hand das noch an der Nabelschnur hängende Kind hält, im Hintergrund eine erschöpfte Mutter mit lächelnden Augen. *Die Annäherung an den Boden erfolgte mit einer Geschwindigkeit von ca. 550 km/h.* Da ist eine Frau, die in einer kahlen Küche ihr Kind stillt, eine Haarsträhne fällt ihr über den Hals, der Träger des Unterrocks ist bis zum Ellbogen hinuntergeschoben, ihr Ausdruck gesammelt, das Profil des Kindes entspannt, die kleine Hand liegt auf dem Busen. *Eine Geschwindigkeit von ca. 550 km/h.* Da ist ein altes Paar, von hinten gesehen, das sich auf einer baumbestandenen, herbstlichen Allee an der Hand hält. *Die Annäherung an den Boden erfolgte mit einer Geschwindigkeit von ca. 550 km/h.*

Die Annäherung an den Boden erfolgte mit einer Geschwindigkeit von ca. 550 km/h. Scheinbar hat der Pilot die überhöhte Geschwindigkeit erst bemerkt, als die Piste vor ihm lag.

Es herrscht Stille im Haus, wenn Sofia die Illustrierte mit den Fotos durchblättert, oder man hört nur die heisere Stimme eines Liedermachers, der auf der rotweißen Single-Schallplatte im Dialekt singt. Es macht ein kratzendes Geräusch, wenn Sofia den Saphir auflegt. Zerstreut tadelt Mama sie aus dem Nebenzimmer.

Immer wieder dieselbe Platte, mehrmals hintereinander. Sie kann sie auswendig, diese Lieder, die von Elend und Gewalt und noch einmal von Elend handeln.

Eine Welt, die Sofia nicht kennt. Bei ihr zu Hause ist es sauber, das Parkett glänzt: Es gibt viel Platz für zwei Menschen allein, und viele Bücher im Regal.

Ab und zu löst Sofia die Hände, die an dem Hochglanzpapier festpappen. Sie starrt auf ein Foto. Manchmal gelingt es ihr, sich ganz in dem Bild und der Stimme zu sammeln. Sofia sitzt da, mit den Tönen, die Augen unverwandt auf die Seite gerichtet: das strahlende Gesicht einer Frau mit dem Kopf im Gras, Blumen rundherum und in den Haaren wie kleine weiße Flecken, in der rechten Ecke des Fotos die Schulter, der Arm und der Nacken eines über sie gebeugten Mannes.

Genau an der Stelle, wo sich Sofia auf dem Bauch vor den Plattenspieler legt, ist im Parkett eine Latte locker. Ein Rechteck aus Holz, das Sofia gern herausnimmt und wieder einsetzt. Erneut herausnimmt und darunter scharrt, als wollte sie ein Loch zum Mittelpunkt der Erde graben.

Auftrag: Wachtmeister R. gehörte zu einer Patrouille, die zu einer Schießübung in die Region Axalp abkommandiert war. Die Schießübung sollte mit einer kurzen Flugübung verbunden werden. Der Abflug fand in Interlaken statt, die Landung sollte in Meiringen erfolgen.

Als Sofia noch sehr klein ist, zieht Mama ihr gestreifte Strampelhosen an und nimmt sie mit zur Arbeit oder bringt sie, wenn sie es schafft, in die Kinderkrippe oder zur Großmutter. Sofia ist ein relativ «selbstständiges» Kind, sie spielt stundenlang allein, mit wenig oder nichts. Wenn nur Mama nicht verschwindet: Sie braucht sich nicht um sie zu kümmern, sie muss nur da sein, sodass Sofia sie sehen oder ihre Stimme hören kann.

Wenn Mama also aus dem Auto steigt, um sie in der Krippe abzugeben, bleibt Sofia sitzen und verriegelt von innen alle Türen. Sie sagt nichts, sie drückt einfach die Verriegelungsknöpfe und schaut Mama mit einem Blick an, der weder herausfordernd noch flehend ist; es ist ein eigensinniger Blick. Mit den Augen bittet sie: Lass uns hier weggehen. Daraufhin steigt Mama wieder ins Auto und lässt gereizt den Motor an. Sofia bleibt stumm auf dem Rücksitz. So fahren sie weiter bis zur Baustelle, dann parkt Mama, greift nach ihrer Tasche und geht los, Sofia folgt ihr. Immer noch schweigend: Beton und Eisendrähte, die drohend herausragen wie verdorrte Bäume auf einer vereisten Ebene, Elektrokabel in orangefarbenen Plastikröhren, weitere Rohre, Mörtel, Sofia setzt sich und beginnt zu spielen. Um sie herum die Stimmen der Arbeiter, die häufig schreien, um den Lärm zu übertönen: die Betonmischmaschine, die Bohrer, den Bagger; gelbe Schutzhelme für Bagger-

oder Kranführer, Staub. Die Stimme von Mama, die mit dem Bauleiter Dialekt spricht.

Der Abflug fand in Interlaken statt, die Landung sollte in Meiringen erfolgen.

Manchmal reicht Mama Sofia das Messband des Großvaters, und sie vergnügt sich damit, es auszuziehen und wieder einzurollen. Das Messband steckt in einer flachen, runden, mit braunem Leder bezogenen Kapsel mit einer kleinen Messingkurbel in der Mitte, die man aufklappen muss, um das Band herauszuziehen. Das Leder ist warm, nachgedunkelt vom häufigen Gebrauch, das Metall ist kalt. Sofia sitzt in der Sonne und lässt die Kurbel kreisen. *Sollte in Meiringen erfolgen.*

Manchmal kommt der Baggerführer und nimmt Sofia mit in die Kabine, während er arbeitet. Schweigen. Reden ist gar nicht nötig. *Interlaken.* Sofia betrachtet den Baggerführer. *Meiringen*, sie lächelt ihm mit den Augen zu und spitzt lauschend die Ohren, Bruchstücke von Mamas Stimme, ein erleichtertes Aufatmen, es ist, als träumte Sofia, dabei ist sie mit einem Grenzgedanken beschäftigt.

In einer Höhe von circa 1500 Metern und etwa sechs Kilometer von der Piste entfernt, ist das Triebwerk des von Wachtmeister R. gesteuerten Flugzeugs abrupt stehen geblieben.

Das wird ein Kindergarten, sagt Mama. Hier werden später Kinder spielen. Aber Sofia sieht nur Mauern, die den Himmel nicht verdecken, und gewundene Eisendrähte, die aus dem Beton herausragen. Viele Kinder bringen Fröhlichkeit, ein Kind allein macht befangen, manchmal wird sogar der Baggerführer verlegen, der doch viele Kinder hat, zu Hause im Dorf.

Eine sofortige Notlandung auf dem Flugplatz versuchen.

Großmutter scheint in einer rauen Schale eingeschlossen zu sein, die Sofia nicht anzurühren wagt. Sie hat ein Leben ohne Höhen und Tiefen. Schneiderin, Friseur, ein paar Freundinnen, Verwandte, die sie ab und zu trifft. Ihr Mann, ein Ingenieur, kommt und geht. Sie kocht gern, erträgt aber keine Unordnung, schmutziges Geschirr im Spülstein oder schlechte Gerüche. Sofia sieht fast immer schon fertige Speisen, Vitello tonnato mit kleinen Kapern, die über die helle Creme gestreut sind, Fisch in carpione. Steife Sülze, die Stückchen vom Huhn und der Länge nach aufgeschnittene Karotten umschließt, oder die Weihnachtspastete.

Im Herbst strickt Großmutter für Sofia einen Pullover aus dünner Wolle, dunkelblau, mit «Schiffchenausschnitt», Jahr für Jahr das gleiche Modell.

Faktoren medizinischer Art können ausgeschlossen wer-

den. Bis zum Augenblick der ersten Berührung des Flugzeugs mit dem Boden hat der Pilot gezeigt, dass er reaktionsfähig ist.

Großmutter ist klein und hager. Sie schwimmt gern im See, mit einer Gummibademütze, die mit einem Riemen unter dem Kinn befestigt ist, damit die Haare nicht nass werden, und außerdem liest sie gern. Auf dem grünsamtenen Sofa sitzend, erzählt sie Sofia die Handlungen der Romane, manchmal auch die der Opern, die sie als junges Mädchen gehört hat, vor dem Krieg, als ihre Cousins sie ins Theater mitnahmen: Abendkleider, Perlenkette um den Hals, funkelnde Lichter, Kristallluster. Bilder, die sie mit immer mehr Einzelheiten ausschmückt, zum Teil aus dem Gedächtnis heraufgeholt, zum Teil den Romanen entnommen, sie weiß schon selbst nicht mehr, was sie wirklich selbst gesehen hat an Ohrringen und Spitzen, Seide und Organza.

Dreiundzwanzig Minuten nach dem Start hat der Pilot dem Kontrollturm von Meiringen den Ausfall des linken Triebwerks gemeldet.

Der Gast ist wie der Fisch, nach drei Tagen stinkt er, sagt Großmutter, und das gilt für alle.

Häufig fahren Mama und Sofia am Sonntag zur Großmutter zum Mittagessen. Sofia wird im Auto immer schlecht, und meistens übergibt sie sich bei der Ankunft auf den weißen Kies vor dem Haus. Sie steigt aus dem Auto und spürt, wie die Farbe aus ihren Wangen weicht, sie sieht die Verärgerung von Mama und Großmutter, aber sie kann den Brechreiz nicht bremsen.

Manchmal bleibt Sofia mit Großmutter allein in dem weitläufigen Haus mit Garten. Das Wohnzimmer dort mag sie gern, auch die Küche und das Esszimmer, wenn Großmutter gute Laune hat. Die Schlafzimmer und Großvaters Arbeitszimmer nicht. Mamas Mädchenzimmer ist immer gleich geblieben, sagt Großmutter. Es ist mit rosa lackierten Möbeln eingerichtet. Ein intensives, weiches Rosa. Hinter der breitesten Schranktür hängt Mamas Hochzeitskleid, weiß, aus feinstem Atlas, über und über mit Tüll bedeckt, aber anziehen darf man es nicht. Man darf nicht Dame spielen mit Mamas Hochzeitskleid. Wenn Großmutter die Schranktür öffnet, um es ihr zu zeigen, ist Sofia hingerissen. Es riecht leicht nach Naphthalin. Doch sogleich macht Großmutter die Tür wieder zu und entfernt sich. Sofia ist allein im Zimmer, vor dem rosa Schrank.

Die Schießübung sollte mit einer kurzen Flugübung verbunden werden. Der Abflug fand in Interlaken statt, die Landung sollte in Meiringen erfolgen.

An der Wand in Mamas Mädchenzimmer hängt ein Poster. Die Schwarzweißaufnahme eines dunkelhäutigen Jungen, der auf dem Steinpflaster einer verlassenen Straße Murmeln spielt.

Manchmal steht Sofia auf die Schwelle des Zimmers, um diese Fotografie zu betrachten. Der kleine Junge, ein Bein nach hinten gestreckt, das andere nach vorn gebeugt, starrt stur auf die Murmel.

Wie in ein rosa Grab hinter der langen Schranktür eingeschlossen kann Mamas Hochzeitskleid nicht atmen.

Meteo: Es herrschte Föhnlage mit teilweiser Bewölkung. Die Wetterverhältnisse beeinflussten den Unfall nicht.

Im Haus der Großmutter gibt es eine Zimmerpflanze, die sie «Gummibaum» nennt. Er steht in einem Topf auf der Schwelle zum Wohnzimmer und wächst am Türrahmen entlang. Die Blätter glänzen dunkelgrün: Großmutter staubt sie ab, wenn sie mit Bettenmachen fertig ist. Das Zimmer ist voller Licht, die großen Orientteppiche und die Polstersessel mit den hohen Rückenlehnen und Armstützen dämpfen die Geräusche: Es ist nicht wie bei Mama und Sofia daheim, wo alle Möbel scharfe Kanten haben, die Stühle keine Armstützen besitzen und die Sessel nicht gepolstert, sondern breit sind wie Vogelschwingen, man kann sie mühelos umdrehen, um eine Höhle daraus zu machen. In Großmutters Wohnzimmer kommen die Menschen einzeln. Auf der Terrasse stehen weder Stühle noch Tische: ein großer leerer Raum und im Frühling rote Geranien. Dieses Grün und Rot ist so banal, so aufdringlich, sagt Mama, als wären die Geranien schuld. Großmutters Geranien sind konformistisch, sagt Mama, und Sofia sieht die Blumen mitleidig an. Nicht konformistisch sind dagegen die Pflaumenbäume in Großmutters Garten und auch nicht die Hortensien oder die riesige weiße Magnolie mit ihren fleischigen Blüten, die so weich sind wie der Atlas des Brautkleids und die wie Bötchen im aufblasbaren Planschbecken herumschwimmen, in dem Sofia an den heißen Sommertagen stundenlang im Wasser liegt.

In einer Höhe von circa 1500 Metern und etwa sechs Kilometer von der Piste entfernt, ist das Triebwerk des von Wachtmeister R. gesteuerten Flugzeugs abrupt stehengeblieben.

Großmutters Haus hütet Geheimnisse, und es ist, als hätte niemand die Macht, sie zu enthüllen. Während sie mit dem Bügeleisen sorgfältig über die Hemdkragen des Großvaters, über die Ränder der Tischdecken und über die bestickten Taschentücher fährt, erzählt Großmutter wunderschöne Geschichten. Von Personen, die immer weit weg oder tot oder in den Büchern eingeschlossen sind; Sofia setzt sich zum Zuhören auf die Truhe im Esszimmer und zerknüllt ihre Schürze, oder sie kniet auf einem Hocker, die Hände ins Spülbecken getaucht, um das Puppengeschirr abzuwaschen.

Manchmal kommt es auch vor, dass sich in der Küche oder im Esszimmer die Stimmen, die Blicke der Erwachsenen kreuzen. Häufig sind die Erwachsenen in diesem Haus angespannt, gereizt, als erwarteten sie alle etwas anderes voneinander als das, was sie bekommen. Auf der Marmortreppe mit dem Geländer und dem Handlauf aus schwarzem Bakelit grüßen sich die Personen, verabreden sich, ab und zu weinen sie. *Dreiundzwanzig Minuten nach Abflug.*

Sofia fürchtet im Haus der Großeltern den Unmut des Großvaters, die Gereiztheit der Mutter. Auch die der Großmutter, wenn sie nicht allein sind. Großvater spielt gerne Karten, und häufig schummelt er, um zu gewinnen; Sofia legt keinen Wert darauf zu gewinnen, und dies irritiert sowohl Mama als auch Großvater enorm. Er hat blaue, wässrige Augen, in denen jede Geschichte zu verschwimmen scheint. Als junger Mann sei er blond gewesen, sagt er und fährt sich mit der Hand durch das schlohweiße Haar, doch gleich darauf muss er gehen, und Sofia ist es lieber so. Dieser Großvater macht sie verlegen, es gibt eine grausame Distanz zwischen dem Kind und dem Großvater, er versetzt es in eine Angst, die es sich nicht erklären kann.

Der Stillstand des Triebwerks hat einen Abfall des Hydraulikdrucks bewirkt, sodass es dem Piloten nicht mehr möglich war, das Fahrwerk normal auszufahren.

Mama ist sehr jung und schön. Sofia ähnelt ihr nicht. Manchmal sagen die Menschen zu Sofia, sie gleiche ihrem Papa, manchmal sagen sie es nicht, aber man merkt, dass sie es denken. Sofia ist es lieber, wenn sie es nicht sagen, denn selbst das Wort Papa löst eine gewisse Beunruhigung in ihr aus. Und einen beginnenden Schmerz. Doch dieser Schmerz ist gestohlen, und Sofia will ihn nicht spüren. Es ist, als wäre es der Schmerz von jemand anderem, den sie sich unrechtmäßig angeeignet hat. Mama hat es ihr so erklärt: Sie sei noch zu klein gewesen, sie habe keine Erinnerungen und könne daher keine Sehnsucht empfinden, etwas, das man nie gehabt habe, könne einem auch nicht fehlen. Sehnsucht und Mangel sind der wahre Schmerz des Verlusts. Deshalb ist Sofias Schmerz sinnlos.

Nur Mama empfindet echten Schmerz, den stechenden, schneidenden Schmerz der Tragödie. *Der technische Defekt* Mama ist stark und bekämpft den Schmerz Tag und Nacht mit allen Flammenschwertern des Firmaments. *Der Hauptgrund des Unfalls* Sofia weiß es, und deshalb will sie Mama nicht aus den Augen verlieren, da sie fürchtet, sie könne in ihrer Abwesenheit auch nur für einen Augenblick die Gefährlichkeit des Schmerzes vergessen, den *Hauptgrund des Unfalls,* und der Schmerz könne sie hinterrücks überfallen und mitnehmen.

Der technische Defekt, der als Hauptgrund des Unfalls zu betrachten ist, hätte nicht notwendig zum Tod des Piloten und zum Verlust des Flugzeugs führen müssen.

Manchmal geht Mama abends aus, ins Kino oder ins Theater. Sie sagt es Sofia im letzten Moment, direkt bevor sie ins Bad geht, um sich zu kämmen und zu schminken, bei offener Tür, oder während sie schon den Kopf herunterbeugt und die Haare nach vorn bürstet, sodass sie anschließend, wenn sie sie mit einer jähen Bewegung wieder zurückwirft, duftig bleiben in dem im Nacken mit Haarnadeln befestigten Chignon. Oder sie sagt es, während sie ihr Abendkleid anzieht und in die hochhackigen Schuhe schlüpft oder sich vor dem Spiegel die Perlenkette zumachen lässt. Dann weint Sofia, auch wenn die Großmutter da ist, auch wenn es draußen noch nicht dunkel ist. Sie tut es nicht aus Bosheit, aus Egoismus, wie Mama oder Großmutter ihr ungeduldig vorwerfen. Sie weint einfach, auch heftig, sie schluchzt, bis ihr der Atem stockt. *Das Fahrwerk.* Als könnte sie nicht anders. Als wäre dieses Weinen gefordert. Wie eine Pflicht oder ein Aberglauben. Zuletzt bittet Sofia Mama, in deren Pyjama schlafen zu dürfen. *Der Hauptgrund des Unfalls.* Sie zieht ihn an, die Ärmel reichen bis zum Boden, der Schritt bis zu den Fußgelenken. *Der Unfall.* Unter der Decke fühlt sie sich ein bisschen so wie in einer Umarmung.

Der Sinkflug zum Flughafen erfolgte, ohne dass das Fahrwerk oder die Landeklappen ausgefahren waren.

Wenn sie nach dem Abendessen nicht ausgeht, legt sich Mama neben Sofia auf das breite Ehebett, in dem sie gemeinsam schlafen. Sie zieht die Schuhe aus und streckt sich zwischen den Laken aus, dann liest sie ihr etwas vor, Erzählungen, Romane, seltener singt sie auch. Häufig ist Sofia ein wenig unruhig, wenn es Zeit wird zum Schlafengehen. *Der Pilot hat den Notgriff nicht betätigt.* Sie würde gern Fragen stellen, doch die Wörter bleiben in ihrem Kopf stecken. Wenn Mama Sofias Unruhe spürt, werden ihre Gesten schroff, und sie hat es sehr eilig, den Tag zu beschließen. Sie trägt Sofia in das große Bett, legt sich neben sie und beginnt zu lesen. *Der Notgriff.* Dann schmiegt sich Sofia eng an sie, läuft im Geist den Wörtern nach und wartet darauf, dass Mamas Stimme sie in den Schlaf gleiten lässt. *Der Griff.* Das Gesicht im Pullover, in der Seidenbluse, im Nachthemd von Mama vergraben, atmet Sofia ihren Geruch ein und lauscht. *Der Notgriff.* Die Wörter durchqueren ihren Kopf, aber stets presst ihr eine Spannung wie ein Widerstand die Knochen zusammen.

Der Pilot hat den Notgriff nicht betätigt. Diese Tatsache und die überhöhte Anfluggeschwindigkeit haben das Landemanöver enorm erschwert.

Auch die Wohnung von Mama und Sofia ist hell. Es gibt das Schlafzimmer mit dem Ehebett und den beiden Truhen, eine schmale lange Küche mit einem schmalen Tisch aus Walnussholz, den Mama entworfen und von einem Schreiner hat bauen lassen.

Abends setzen Mama und Sofia sich vor ihre dunkelblauen Milchkaffeetassen: Toastbrot, Käse, Butter und Marmelade. Manchmal kocht Mama eine Sternchensuppe, die Sofia nicht mag. Während sie auf den hölzernen Hockern sitzen und essen, erzählt Mama Sofia von ihrer Arbeit, ob es Schwierigkeiten gibt, von den Freunden, ob jemand verreist oder wiedergekommen ist, ob jemand von ihnen ein Kind bekommen hat und wie es heißt. Von den Mädchen, die Mama als Babysitter ins Haus nimmt und studieren lässt. Dass sie so jung und so intelligent sind. Dass sie kein Geld, aber so viel Willenskraft haben. Nie werde ich so sein wie die, denkt Sofia.

Wenn dagegen Gäste kommen, am Samstagabend, wird im Wohnzimmer gedeckt, und Sofia isst in der Küche, während Mama das Essen vorbereitet. Tropfen um Tropfen gießt sie den Zitronensaft in das Schüsselchen, während Mama mit dem Schneebesen Ei und Öl verrührt, um Mayonnaise zu machen, «hoffentlich wird es was», denn manchmal «gerinnt» die Mayonnaise, und dann ist Mama schlecht gelaunt.

Das Wohnzimmer ist groß, auf der einen Seite stehen das Bücherregal und das Klavier, auf der anderen der Esstisch und ein niedriger Schrank, der das gute Geschirr enthält: die schwedischen Teller und Schalen, die Sofias Eltern zur Hochzeit bekommen haben, weiß und dunkelblau mit Fischgrätenmuster, und die bauchige Suppenschüssel der Großmutter.

Auf diesem Möbel steht ein altes Radio, das, erzählt Mama, Sofias Papa gehörte. Jeden Tag zwischen eins und halb zwei, gleich nach dem Mittagessen, stellt Sofia, bevor sie zur Schule zurückkehrt, einen Stuhl vor das Radio, kniet sich darauf und hört sich das Hörspiel an, die Augen fest auf den beigen Stoff und die großen Knöpfe des alten Apparats gerichtet. Die Stimme aus dem Radio erzählt: *Das Verbrechen der Brotfrau, Die schwarze Rose, Die drei Musketiere.*

Nur das Vorderrad war ganz ausgefahren. Das Flugzeug hat 1135 Meter nach dem Pistenanfang zum ersten Mal den Boden berührt, dann ist es wieder aufgestiegen, um ein zweites Mal mit Gewalt aufzukommen, im Sturzflug.

Wenn sie nicht ins Theater, ins Kino, ins Konzert, auf eine Konferenz oder zu einem Arbeitstreffen muss, trägt Mama Leinenhosen und eine Bluse, im Winter einen Pullover. Cordsamtjacken und den blauen Lodenmantel. Sie spielt gern Ball, macht gern Wettrennen über Wiesen. Mama wünschte, dass auch Sofia sich leichtfüßig bewegte, dass sie dynamisch und kämpferisch wäre wie sie selbst. Sofia dagegen ist träge, statisch, schwerfällig.

Als Sofia noch ziemlich klein ist, probt ihre Mutter manchmal plötzlich, nicht ihre Mutter zu sein. Suchst du deine Mama? Nein, ich bin nicht deine Mama, sagt sie zu ihr. Ab und zu verkleidet sie sich, um besser so tun zu können, als sei sie jemand anderes. Aber unter den engen Röcken, die sie heimlich überzieht, bevor sie heimkommt, unter den modischen Mänteln und den von den Freundinnen ausgeliehenen Perücken klingt eine Stimme, die Sofia trotz aller Verstellung erkennt. Das geschieht nachmittags, während Sofia darauf wartet, dass die Mutter von der Arbeit kommt und klingelt. Dass der Babysitter öffnet, und dann steht eine extravagante Dame von der gleichen Statur der Mama auf der Schwelle, aber mit kniehohen Stiefeln, einem schwarz glänzenden kurzen Regenmantel, großer dunkler Brille und Hut. Mit Fistelstimme fragt die Dame nach Mama. Sie wird aufgefordert einzutreten, setzt sich ins Wohnzimmer. Sofia sieht sie ungläubig mit weit aufgerissenen Augen an. Sofias Beunruhigung wächst gemeinsam mit der Gereiztheit des Gastes. Es gibt keine Schlupflöcher, keinen Ausweg.

Sofia gefällt dieses Spiel nicht, es ängstigt sie. Zuweilen verwandelt sich Sofias Schrecken in Panik, Tränen, zerbrechliche Wassermauern, die sie nicht schützen; Sofia schluchzt, in einem Käfig aus Wind schreit sie ihre Not den Wänden, der Bank, den geflügelten Sesseln entgegen. *Der Wachtmeister hat beschlossen, eine Notlandung zu versuchen.* Sie bittet die Mutter noch einmal, sich zu erkennen zu geben. *Eine Notlandung* Doch Mama ist ein wenig kindlich und ein wenig grausam und in ihrer Grausamkeit verzweifelt, deshalb flüchtet sie sich dorthin, wo Sofia sie nicht erreichen kann. *Medizinische Faktoren können ausgeschlossen werden* Es gefällt ihr, ihr aufgelöstes Kind da vor sich zu sehen, ihr verwirrtes Kind, das alles in sich aufnimmt, ihr starkes Kind, das sich nicht schämt zu weinen. *Die erste Berührung des Flugzeugs mit dem Boden* Und darum gibt sie nicht nach, die Mama, sie macht weiter, macht die Sache noch ärger und wartet dann auf Sofia jenseits der Tränen. *Der Pilot war reaktionsfähig.*

Die falsche Mama geht, und wenig später kommt die

vertraute Mama, die, die nachts Puppenkleider näht, die im Flur Ball spielt oder mit dem Baukasten, die Geschichten vorliest, die, wenn sie fröhlich ist, mit den Bäumen spricht, die angezogen schläft. Sofias Geduld ist wie ein See; Mamas Traurigkeit und Unduldsamkeit versinken in der dunklen Fügsamkeit von Sofia, die sich nicht auflehnt. Die jeden Übergriff duldet. Die Tränen sind keine Grenze. Sofia hat keine Barrieren, weder Türen noch Schranken.

«Wenn die Warnlampe aufleuchtet, ist es sehr wichtig, dass der Pilot die Treibstoffreserven rechts und links überwacht», heißt es in der Ordonnanz.

Hinter dem Geschirrschrank hat Sofia ihre «Nische». In einem kleinen, zum Wohnzimmer hin offenen Raum direkt unter dem großen Fenster steht ein niedriges Tischchen mit zwei Stühlen, wie es sie in den Kindergärten gibt. Dazu eine Tafel, Kreiden, Farbstifte, Malpapier und einige Puppen. Auch Metallbaukästen gibt es, aber die mag Sofia nicht, zu viele Kanten, Eisen und Schrauben. Sie sitzt lieber auf dem Stuhl, die Puppen um sich herum, und spricht mit ihnen. Vor allem, wenn es draußen dunkel ist oder regnet, dann zieht sie sie dick an, hüllt sie in warme Wolle, beruhigt sie. Oder Sofia zeichnet. Aber die Bilder der Tochter gefallen der Mutter nicht, und Sofia selbst gefallen sie auch nicht. Sie sind zu fahrig, zu unsicher, mit zu vielen nachträglichen Änderungen. Die Farbe ist nicht kräftig, der Strich ist zu leicht, die Formen sind zu ungefähr.

Mama hat in Sofias Nische die Zeichnung eines wenig älteren Mädchens aufgehängt, der Tochter einer Freundin, eine schöne Pastellkreidezeichnung. Man blickt schräg in eine Küche auf rotem Hintergrund: ein Tisch mit Stühlen, eine Lampe, die von der Decke hängt. Mehrere Personen und oben links ein mageres Kind mit langen kastanienbraunen Zöpfen, das der Urheberin der Zeichnung ähnlich sieht.

Als das Flugzeug zum dritten Mal mit noch immer sehr hoher Geschwindigkeit am Boden aufsetzte, prallte es mehrmals ab, überschlug sich, wobei der linke Flügel beschädigt wurde und Kabine und Heckaufbauten auf der Piste aufkamen.

Sofia geht gern zur Schule, auch wenn sie dabei Mama für ein paar Stunden aus den Augen verliert. Lehrer und Klassenkameraden schauen sie von weitem an, sie ist gesellig, herzlich, aber sehr zerstreut, irrt sich beim Rechnen und beim Rechtschreiben. *Als das Flugzeug zum dritten Mal am Boden aufsetzte.* Am Abend schimpft Mama über die vielen Fehler. *Es prallte mehrmals ab.* Manchmal beschließt sie, die Hausaufgaben mit ihr zusammen zu machen, ruft sie zu sich ins Büro, lässt sie auf dem hohen Hocker am Zeichentisch sitzen, das Heft auf das Transparentpapier mit den Plänen gelegt. Sie versuchen, die Rechenaufgaben erneut zu lösen, doch Sofia kommen unterwegs die Zahlen abhanden, und Mama verliert sogleich die Geduld. *Es überschlug sich.* Sie nimmt ihr das Heft aus der Hand. *Es überschlug sich.* Rasch rechnet sie mit Bleistift auf dem Zeichenpapier noch einmal nach, addiert, subtrahiert, ohne dass es Sofia gelingt, ihr zu folgen, der Blick verliert sich sogleich jenseits der Fensterscheiben des Zimmers im Garten, auch wenn es schon dunkel ist. *Das Flugzeug kommt mit Kabine und Heckaufbauten auf der Piste auf.* Ungeduldig gibt Mama Sofia neue Rechenaufgaben und verlangt, die solle sie alleine machen. *Es hat sich überschlagen* Sofia nimmt das Heft und geht, froh, dass sie Mamas Gereiztheit nicht mehr spüren muss, das nervöse Kratzen des Bleistifts auf dem rauen Transparentpapier.

Das Zimmer, in dem Mama arbeitet, ihr Büro, geht zum Garten hinaus, wo die Schaukel hängt. Der Raum ist kaum größer als das Schlafzimmer, aber leerer, mit zwei Zeichentischen, den hohen Hockern, dem Bücherregal. Das Regal hier besteht aus Sperrholzbrettern und Ziegelsteinen, und zwischen den gestapelten Papieren und den Katalogen für Baumaterialien liegt die leere Schale einer Kokosnuss, zur Erinnerung an eine Afrikareise, die es hätte geben können und nie gegeben hat. Im Büro steht auch ein Bett, direkt neben der Fenstertür zum Garten hin.

Da der Notgriff nicht betätigt wurde, hat die sehr hohe Geschwindigkeit des Flugzeugs das Landemanöver enorm erschwert.

Das Büro dient gleichzeitig als Gästezimmer. Zuerst kommen die Gäste nur nachts. Sofia sieht sie nicht. Nach und nach geschieht es dann immer häufiger, dass sie Schritte hört oder Stimmen oder plötzliches Gelächter, manchmal gedämpftes Reden, fast ein Flüstern. Sogar abends, nachdem sie schlafen gegangen ist, passiert es, dass sich die Wohnung auf einmal füllt, und morgens, wenn sie zur Schule geht, ist die Tür zum Büro geschlossen.

Wenn es am nächsten Tag aber Sonntag ist oder Sofia aus irgendeinem Grund nicht zur Schule muss, sieht man an einem bestimmten Punkt jemanden herauskommen, der ins Bad geht und dann zum Kaffee bleibt oder sich ohne Frühstück verabschiedet und geht. Eine Zeit lang hat Mama eine Art Liebsten, ein Mann, der fast immer nachts kommt und wieder verschwindet. Wenn er bis zum Morgen bleibt, schläft er mit ihr zusammen im Gästebett, doch kommt es selten vor. Sofia empfindet ihm gegenüber eine aggressive Verlegenheit, die mit Ablehnung und Angst abwechselt: Angst, dass er Mama auf seinem Motorrad mitnimmt, Angst, dass er sie mit seiner Abwesenheit mitnimmt, weil er nie da ist, oder wenn er da ist, immerzu hektisch irgendwo hineilen muss, und Mama, das sieht Sofia, ihm oft in Gedanken folgt. Mamas Freund ist groß und sehr laut, und halb glaubt Mama an das, was sie nicht Liebe nennt, halb auch nicht, sie möchte eine Zustimmung von Sofia, die Sofia ihr jedes Mal verweigert. Hartnäckig, dickköpfig, trotzig, als wäre sie ein kleines Kind.

Der technische Defekt, der als Hauptursache des Unfalls anzusehen ist, hätte nicht notwendig zum Tod des Piloten und zum Verlust des Flugzeugs führen müssen.

Im Gras liegend, die Sonne in den Augen, oder im Garten auf der Schaukel sitzend oder auf der Schulbank oder im Wohnzimmer auf dem Fußboden hockend, widersteht Sofia der Veränderung, der Bewegung, und wartet.

Als der Anführer der Patrouille zur Landung ansetzen will, hört er via Radio die Nachricht: Triebwerk defekt, sofortige Landung. Da er nicht weiß, von wem die Nachricht kommt, gibt er erneut Gas in Erwartung einer zwei-

ten Runde über der Piste. In der Folge befiehlt ihm die Direktion des Flugdiensts von Meiringen, mit seiner Formation nach Interlaken zurückzukehren.

In der leeren Diele übt Sofia Seilspringen oder spielt Gummitwist, wobei sie die Stühle aus dem Wohnzimmer benutzt. Diele und Wohnzimmer sind durch eine Glasscheibe getrennt, und hinter dem Esstisch, in Sofias Nische, gibt es noch ein Fenster ins Grüne.

Am Sonntagnachmittag gehen Mama und Sofia mit Freunden aus, besuchen Kirchen und Museen oder wandern im Wald zu einer Wallfahrtskirche oder sammeln Kastanien, wenn es Herbst ist. Kastanienwälder gibt es wenige Schritte vom Haus entfernt. Die Kinder von Mamas Freunden sind blond, sie haben schmale Hände und dünne Arme und Beine, sie gehen stumm und ordentlich hinter ihren Eltern. Sie sind jünger als Sofia, schweigsam und sehr gehorsam.

Sofia ist pummelig, hat schwarze, immer sehr kurz geschnittene Haare, und ihre Schritte sind unsicher, unregelmäßig. Sie stolpert: im Wald, zwischen den Blättern und den Wurzeln, auf den Trampelpfaden, auf dem Asphalt der Gehsteige.

In einer Höhe von 1500 Metern und circa sechs Kilometer von der Piste entfernt, hat das Triebwerk des von Wachtmeister R. gelenkten Flugzeugs abrupt ausgesetzt.

Abends muss das Licht anbleiben, damit Sofia einschläft.

Damit die Nacht nicht in den Körper kriecht.

Daraufhin beschließt Wachtmeister R., auf dem Flugplatz Meiringen eine sofortige Notlandung zu versuchen.

Wenn Sofia krank ist und das Fieber steigt, deckt Mama sie gut zu, bevor sie zur Arbeit geht, streicht ihr mit ihrer kühlen Hand über die Stirn, blickt sie besorgt an, gibt ihr eine Medizin. Im Lauf des Tages kommt Großmutter mit dem Apfelkuchen. Und sogleich passt sich ihr die ganze Wohnung an, ihrem gesunden Menschenverstand, ihrer Zurückhaltung. Abends dann, wenn Mama zurückkommt und sich aufs Bett setzt, hat sie es nicht eilig, allein zu bleiben: Sie erzählt ihr, was sie gemacht hat, wen sie tagsüber getroffen hat, in einem gelassenen, beruhigenden Ton.

Wenn sie krank ist, betrachtet Sofia vom Bett aus die Sträucher, den Regen oder den fallenden Schnee. Sie blättert in Bilderbüchern, wartet.

Wachtmeister R. war zu einer Schießübung in der Region Axalp abkommandiert. Das Schießen sollte mit einer kurzen Flugübung verbunden werden. Der Abflug fand in Interlaken statt, die Landung war in Meiringen vorgesehen.

Von den Romanen, die Mama ihr am Abend vorliest, versteht Sofia nicht viel: Die Wörter sind schwierig, die Handlungen verwickelt, und manchmal überspringt Mama ein Stück, weshalb man dann nicht mehr weiß, wo die Personen hingekommen sind, doch in Mamas Stimme findet Sofia bei diesem täglichen Ritual eine Zuflucht. *In der Region Axalp* Sie wünschte, dass die Geschichte kein Ende nähme, dass sie sie direkt in den Schlaf geleitete, doch häufig wird Mamas Stimme leiser, während Sofia noch wach ist. *In der Region Axalp* Dann, in dieser Einsamkeit der Nacht, wenn Mama neben ihr mit allen Gerüchen des Tages unter die Decke geschlüpft und eingeschlafen ist, ohne sich den Rock und die Nylonstrümpfe auszuziehen, was heißt, das sie wieder aufstehen und weiterarbeiten wird, fühlt Sofia in ihrem Körper eine Anspannung, die sich nicht lösen will, als zwänge sie etwas dazu, wach zu bleiben, als gäbe es noch etwas jenseits von Mamas Schlaf, das sie kennen müsste. *Der technische Defekt* Als müsste sie noch ausharren, um über die Körper und die Gerüche, über die Nacht und die Stille hinaus fühlen zu lernen. *Es war Föhnlage*

Es war Föhnlage mit teilweiser Bewölkung. Die Wetterverhältnisse beeinflussten den Unfall nicht.

Mama und Sofia haben Glück, sie haben alles, was

man braucht: eine Wohnung, genug Geld für Essen und Kleidung, ein Auto, um herumzufahren und einen Plattenspieler. *Beeinflussten den Unfall nicht.*

Sofia geht jeden Tag in die Schule, füllt die Hefte mit Rechtschreibfehlern, mit unordentlichen Rechenaufgaben, mit Tintenklecksen. Mama plant Kindergärten und Schulen, gewinnt Wettbewerbe. Im Sommer fahren sie ans Meer und im Winter ins Gebirge. Wenn sie kann, geht Mama ins Kino oder ins Theater. *Beeinflussten den Unfall nicht.*

Weihnachten besteht aus Hunger und Katastrophen. Aus Verlassenheit. Aus Kindern, die in Biafra oder Vietnam sterben, aus Schwarzen, die in Harlem diskriminiert werden, aus der Überschwemmung von Florenz. Und warum ist man dann woanders, in den Berghotels mit Mamas Freunden, den vielen Kindern, den Unmengen von Geschenken, in einem bunten Treiben voller Skier und Skistiefel, voller riesiger Tannenbäume mit glitzernden Lichtern? Ein Wirbel von normalen Familien, um das Loch zu verdecken, das durch Weihnachten noch schwärzer wird. Sofia fährt nicht gern Ski, sie mag die Kälte nicht, die auf den eisigen Pisten die Beine hinaufkriecht, sie mag sich nach dem Frühstück nicht herunterbeugen, um die Stiefel anzuziehen und zuzuschnüren, sie mag nicht mit den

Vätern der anderen, schon größeren Kinder zur Skischule losgehen, sie mag den Skilift nicht und auch nicht die enge Windjacke über dem Wollpullover oder die kratzigen Ohrenschützer, sie mag die Skirennen mit Fähnchen und Medaillen nicht.

Der Stillstand des Triebwerks hat einen Abfall des Hydraulikdrucks bewirkt, weshalb es nicht mehr möglich war, das Fahrwerk normal auszufahren. Schäden an den Pumpen des Treibstoffbehälters sind bei den Hunter-Maschinen nichts Neues.

Gern mag sie dagegen den Schnee, wenn er vor irgendeinem Fenster fällt, einen Schlitten nehmen, die Straße vor dem Haus hinuntergleiten. Die Kutschen mit den in Pelz gehüllten Damen, die klingelnd durch die Straßen des Touristenortes fahren, in dem sie und Mama und Mamas Freundin mit all ihren Kindern und ihrem Mann und ihren Geschwistern und Cousins und Cousinen wohnen. Sie mag den großen kitschigen Tannenbaum im Hotel mit all den echten Kerzen, die am Weihnachtsabend angezündet werden, und auch die mit knusprigen Brötchen und Butter gedeckten Frühstückstische, sie beobachtet gern die Familien, ihr scheinbar sorgloses Leben, als ob es keine Hindernisse gäbe, für alle anderen, beim raschen Kreislauf des Blutes.

Es war Föhnlage mit teilweiser Bewölkung. Die Wetterverhältnisse beeinflussten den Unfall nicht.

Bei Sofia zu Hause gab es nur einmal einen Weihnachtsbaum, gegen Ende der Kindheit. Aber er war nicht wie der in dem Berghotel. Sofia wollte ihn nicht anschauen, weil die Mutter aus Protest Schinkenscheiben daran gehängt hatte: Es war 1968.

An jenen Weihnachten waren Mama und Sofia nicht weggefahren, weil Mama an Windpocken erkrankt war und noch ein wenig Fieber hatte. Weder Sofia noch Mama freute es, dass sie an den Feiertagen allein zu Hause bleiben mussten, aber Mama noch weniger als Sofia. *Der technische Defekt ist als Hauptgrund des Unfalls anzusehen.* Die Stille des Weihnachtsabends im Wohnzimmer, wo Mama und Sofia auf dem Parkettboden sitzen und eine behelfsmäßige Krippe basteln, wird ständig unterbrochen vom Geräusch der Hände auf dem Styropor. Dann läutet plötzlich das Telefon, und Sofia spürt einen Widerstand im Körper: als würden ihre Nerven unter Strom gesetzt. Es ist Mamas Freund, der Komm-und-Geh-Mann, der einen Teil der Weihnachtstage mit ihr verbringen will. *Der technische Defekt* Nein, Sofia will das nicht, doch es lässt sich nicht ändern. Sie und Mama am Weihnachtsabend allein auf dem Parkett, während sie Styropor ausschneiden, ist nicht wie Biafra, nicht wie Vietnam, der Weihnachtsabend ist traurig, aber erträglich, und mit ihm wird er noch trauriger, aber man kann trotzdem überleben, man muss nur warten. Alles geht vorbei. Alles. *Hätte nicht notwendig zum Verlust des Flugzeugs führen müssen.* Wie damals, als die Mama als Dame verkleidet heimkam. *Der Verlust des Flugzeugs.* Mamas Stimme verändert sich, ihre Bewegungen verändern sich. *Das Flugzeug.* Mama parfümiert sich.

Wachtmeister R. musste warten, da er noch eine Schießübung nachzuholen hatte. Nachdem er die Aufgabe erledigt hatte, stieß er zu der Formation, die ihn erwartete. Die Patrouille kündigte – wie vorgeschrieben – ihre Absicht an, in Meiringen zu landen, und erhielt die nötigen Befehle.

Es geht vorbei, wiederholte sich Sofia, mach kein Gejammer, du bist doch schon groß, sagt Mama, und letztlich ist Weihnachten ein Tag wie jeder andere, denk an die Überschwemmung von Florenz, an die Napalmbomben, an Kambodscha, denk, wie viel Glück du hast. Es ist zwecklos, diese Begegnungen nicht zu wollen. Alles passiert sowieso, also wartet Sofia, Nerven und Haut angespannt. Sie weiß nicht, was sie tun soll, es gibt nichts, was Sofia tun kann. Die Katastrophen geschehen sowieso, man kann sie nicht aufhalten, und zuletzt kommt auch der riesige Mann mit der rasselnden Stimme, der belustigt über den Weihnachtsbaum mit den Schinkenscheiben lacht, und Mama lacht mit. Warten ist nicht schlimm, sagt sich Sofia, er kommt am Abend und geht vor Tagesanbruch. *Der Kontrollturm von Meiringen* Er wird auch in dieser Nacht wieder gehen, *Der Kontrollturm von Meiringen* auch in der Weihnachtsnacht, und außerdem ist Sofia jetzt wirklich schon groß, sie ist fast zehn Jahre alt. *Der Kontrollturm von Meiringen*

Als der Anführer der Patrouille nach der Verteilung der ersten Patrouille zum Sinkflug ansetzen wollte, hörte er via Radio die Nachricht: Triebwerk defekt, sofortige Landung.

Auch in diesem Jahr hat die Urgroßmutter wie jedes Jahr zu Weihnachten einen Korb mit gemischten Früchten und kleinen Tierchen aus Marzipan geschickt.

Zu Ostern dagegen schickt Mamas Tante aus Luzern eine Reistorte, und die Großeltern väterlicherseits bringen, wenn Mama es erlaubt, einen in gelbes Stanniol verpackten Schokoladenhasen.

Sofia geht zu Fuß zur Schule. Auf halbem Weg trifft sie sich mit einer Freundin, und sie gehen zusammen weiter. Sofia hat einen roten Schulranzen, den sie auf dem blauen Mantel auf dem Rücken trägt. Die Freundin kommt aus einer grossen Familie, die in wenigen Zimmern haust, bis oben hin voll mit Möbeln, Stoffen und dem metallischen, rhythmischen Rattern der Nähmaschinen mit Pedal. Die Mutter der Freundin ist Schneiderin. Bunte Fäden überall, aber das wirklich Lustige sind die weißen Handtuchrollen des Vaters, der als Fahrer in einer Firma arbeitet, die öffentliche Einrichtungen und Schulen beliefert. Die Mutter der Freundin hat eine Gehilfin, die jeden Tag über die Grenze herüberkommt und mit den Augen lächelt, die kleinen Mädchen zärtlich anschaut und ihre rundliche Hand ausstreckt, um sie bei ihrer Rückkehr aus der Schule freudig zu begrüßen. Als die Mädchen noch klein sind, ist die Werkstatt im Wohnzimmer. Dann heiraten die Schwestern der Freundin und ziehen aus, und die Werkstatt wird in eines der Schlafzimmer verlegt. Das, was nie ein Wohnzimmer gewesen ist, wird zu einem riesigen halb leeren Raum, vereinsamt zwischen dem kiesbestreuten Hof und dem Rasen mit dem Kirschbaum.

Da er nicht wusste, von wem die Nachricht kam, gab er erneut Gas in Erwartung einer zweiten Runde über der Piste. In der Folge befahl ihm die Direktion des Flugdiensts von Meiringen, mit seiner Formation zur Landung nach Interlaken zurückzukehren.

Sofias Freundin hat sehr lange kastanienbraune Haare,

die sie zu zwei Zöpfen geflochten über der Brust trägt. Manchmal löst sie die Haare, sodass sie ihr über die Schultern fallen, und Sofias Mama kämmt sie. Die Freundin ist dünn, aber stark, und hat einen ernsten, häufig ärgerlichen Blick. Ihr Vater scherzt mit ihr, wenn er in sein weißes Lieferauto ein- oder daraus aussteigt. Die Freundin ist ein Jahr älter als Sofia, sie gehen in zwei verschiedene Klassen, aber bei demselben Lehrer, im selben, mit Kindern überfüllten Klassenzimmer. Um zur Schule zu gelangen, müssen die Mädchen die Straßenbahnschienen überqueren. Die Freundin nimmt Sofia, die sehr zerstreut ist, an der Hand. Im Winter ist der Bach, an dem ihr Schulweg entlangführt, zugefroren. Am Abend gehen die beiden mit ihren Schulkameraden zum Bachbett hinunter und schlittern auf dem Eis. Im Frühling fahren sie mit dem Fahrrad die asphaltierten Straßen auf und ab und bauen Hütten aus Bambusrohr.

In einer Höhe von 1500 Metern und circa sechs Kilometer von der Piste entfernt, hat das Triebwerk des von Wachtmeister R. gelenkten Flugzeugs abrupt ausgesetzt. Er beschließt, eine Notlandung zu versuchen.

Eines Tages fragt die Freundin Sofia in ihrer brüsken und leicht nervösen Art, ob sie heiraten will, wenn sie groß ist. Das weiß ich nicht, sagt Sofia. Bestimmt heiratest du einen Ausländer und gehst weg von hier, sagt die Freundin in vorwurfsvollem Ton. Sie stehen auf dem sonnenbeschienenen Platz vor der Garage, dann gehen sie langsam die Straße hinunter zu Sofias Haus. Und du? fragt Sofia. Was machst du? Ich bleibe hier, antwortet die Freundin. Ich heirate einen von hier, vielleicht einen von unseren Schulkameraden. Danach umarmt sie sie mit einem wackeligen Lächeln. Diesem Lächeln der Freundin, auf das es keine Antwort gibt. Sofia betrachtet das frisch gemähte Gras direkt vor ihrem Haus. *In einer Höhe von 1500 Metern und circa sechs Kilometer von der Piste entfernt* Ein kurzer Abhang, der am Maschendrahtzaun des Nachbargartens endet. *Sechs Kilometer von der Piste entfernt* Das Heu liegt noch auf der Wiese.

Sofia denkt, dass sie und Mama diesen Ort bald verlassen werden.

Es war Föhnlage mit teilweiser leichter Bewölkung. Die Wetterverhältnisse beeinflussten den Unfall nicht.

Vielleicht war die Kindheit schon in dem Sommer zu Ende, in dem Robert Kennedy ermordet wurde, jenem Sommer, in dem ein Klassenkamerad von Sofia starb, als er von der Schule nach Hause radelte und von einem Auto überfahren wurde, jenem Sommer, in dem Sofia begriff, dass Mama mit niemandem Mitleid haben konnte, weil sie wirklich kein Mitleid mit sich selbst hatte.

Die erste Reaktion des Piloten nach dem Stillstand des Triebwerks war gut. Er hat den Schaden via Radio mitgeteilt und die Absicht angekündigt, sofort und direkt zu landen.

Ganz sicher endet die Kindheit, als Sofia und Mama in das neue Haus umziehen, in ein kleines, nicht sehr weit weg liegendes Dorf.

Rasch ändern sich die Dinge in den letzten Monaten, die Mama und Sofia allein verbringen. Die Abendessen zu zweit an dem langen Küchentisch aus Walnussholz mit den blauen Milchkaffeetassen und den Gedanken, die in der Stille nachhallen, sind selten geworden. In die Wohnung im Erdgeschoss kommen nicht mehr nur die Samstagabendgäste, die dünnen Kinder der Sonntagsspaziergänge, der Mann, der nachts kommt und geht. Mamas riesiger Freund, der Komm-und-Geh-Mann, der Mann der Nacht ruft fast gar nicht mehr an. Stattdessen taucht ein neuer Mann auf, der Mama lange Briefe schreibt, sie regelmäßig anruft, am Wochenende zu Besuch kommt und Sofia Comic-Hefte schenkt. Ein Mann, der bleiben will, der Monat für Monat Mamas Leerräume besetzt, der Freunde mitbringt, die auch alte Freunde von Mama sind, und sogar Kinder aus einer vorigen Ehe. Diesmal lehnt sich Sofia nicht dagegen auf. Sie errichtet einen Schutzschild aus Toleranz, beobachtet die jähe und radikale Veränderung, als könnte sie dazugehören, doch ein Teil von ihr lässt sich nicht auf das neue Leben ein, etwas bleibt draußen und wartet.

Die starren, spartanischen Regeln, die bisher das Leben von Mutter und Kind bestimmt hatten, kehren sich um, man darf abends aufbleiben, man darf den Salat mit Olivenöl anmachen, sogar ein Fernseher wird angeschafft, und wenn sie zusammen ausgehen, ist plötzlich sogar Coca Cola gestattet. In dem neuen Leben gibt es Dinge, die Mama nicht gutheißt, Sofia weiß es genau, doch hat Mama keine Zeit, um innezuhalten und die Einzelheiten zu betrachten. Sofia dagegen klammert sich an die Regeln, an die Bücher und die Möbel zu Haus, als wären sie ein Anker.

Die Taste für die Treibstoffzufuhr

Nachdem er die Nachricht gesendet hatte, drückte der Pilot allerdings ständig die Taste für die Treibstoffzufuhr, sodass es dem Bodenpersonal nicht möglich war, ihm die nötigen Anweisungen zu übermitteln.

Die Rhythmen geraten durcheinander, die Tage werden länger und füllen sich mit Unvorhersehbarem.

Der technische Defekt hätte nicht notwendig zum Tod des Piloten führen müssen

Der technische Defekt

Der Tod des Piloten

Der technische Defekt, der als Hauptursache für den Unfall angesehen werden muss, hätte nicht notwendig zum Tod des Piloten und zum Verlust des Flugzeugs führen müssen.

Am Anfang des Sommers, kurz bevor Mutter und Tochter in das große neue Haus mit Garten umziehen, geht ihr Schlafzimmer in Flammen auf: Ein Kind, das im selben Haus wohnt wie sie, hat mehr oder weniger versehentlich ein brennendes Zündholz durchs geöffnete Fenster in das Zimmer geworfen. Das Feuer zerstört die Truhen, den Schrank und das Ehebett, das Sofias Eltern kurz vor ihrer Hochzeit entworfen und von einem Schreiner hatten bauen lassen.

Qu'est-ce en effet que l'homme absurde?

Zuerst fängt das Ziegenfell Feuer, das sie als Bettvorleger benutzten, und dann alles Übrige. Als der Brand ausbricht, ist Sofia in der Schule, Mama bei der Arbeit. Als Sofia aus der Schule zurückkommt, sieht sie das rote Feuerwehrauto am Ende der Straße und geht zu Mamas Freundin, die neben ihnen wohnt.

Juger que la vie vaut ou ne vaut pas la peine d'être vécue

Zwischen Sofia und der Kindheit zieht das Feuer eine

Grenze aus Asche, zufällig, plötzlich, notwendig, aber nicht endgültig. Das Feuer bezeichnet ein Vorher und ein Nachher: bei den Kleidergrößen, die sich ändern, und im Reich der Fantasie, das sich immer mehr vom Leben entfernt.

Das Feuer zeichnet einen für immer.

Der Verlust des Flugzeugs. Der Tod des Piloten

«Il n'y a qu'un problème philosophique vraiment sérieux: c'est le suicide. Juger que la vie vaut ou ne vaut pas la peine d'être vécue, c'est répondre à la question fondamentale de la philosophie.»

ALBERT CAMUS, *Le mythe de Sisyphe*

Das Verhalten des Piloten, so wie es sich im Lauf der Untersuchung dargestellt hat, bleibt uns allen ein Rätsel.

Bern, Dienst der Luftwaffe und der Flugabwehr

LANDEVOLTE

Um die Landevolte zu verstehen, muss man lernen zu glauben, was nicht immer einfach ist. Doch gerade dieser Glaubensakt treibt uns hinauf, hinauf in den Himmel.
WILLIAM LANGEWIESCHE, *Inside the Sky*

Im selben Augenblick, in dem ich bemerkte, dass die Warnlampe leuchtete, durchbohrte das akustische Signal, das den Abfall des Hydraulikdrucks anzeigte, mir das Trommelfell. Der Versuch es abzuschalten, lenkte mich die ganze restliche Zeit von den Anzeigen, vom Notgriff und vom Schätzen der Entfernungen und des Luftwiderstands ab.

Das war fatal, denn beim Fliegen ist Konzentration alles.

Beim Fliegen verlangt selbst die banalste Geste Aufmerksamkeit und Konzentration. Genau das habe ich meiner Frau heute früh, im Morgengrauen, im Flur des Hauses meiner Schwiegereltern gesagt, bevor ich losging. Ich war bereits in Uniform und drehte meine Mütze zwischen den Fingern. Sie war nervös, verschlafen und besorgt, ich habe sie nicht beruhigt, ich sagte ihr bloß, lass auch du dich nicht ablenken, sei vorsichtig, morgen komme ich zurück und dann fliege ich nicht mehr. Darauf schob sie mir den Brief in die Hemdtasche. Sie ist so jung, meine Frau, so schön, manchmal weiß ich überhaupt nicht, was ich mit all der Schönheit und Intelligenz anfangen soll.

Nicht, dass ich nicht jung wäre, aber irgendetwas in mir ist zerbrochen, unpassend und fehlerhaft. Ich fliege, weil ich nicht unter Menschen sein kann. Sie schaut mich an und schüttelt den Kopf, sie schüttelt die ganze Fülle ihrer flammend roten Haare und entgleitet mir dabei. Sie hungert nach Leben, nach Erfahrung. Sie ist ein Mädchen aus gutem Hause. Ein Einzelkind, von gebildeten und reichen Eltern. Sie ist strebsam, kühn und rebellisch, während ich mich einer Situation nie wirklich gewachsen fühle. Andere Menschen verunsichern und verwirren mich, ich bleibe immer auf der Schwelle und versuche, mein Unvermögen mit Schweigen zu kaschieren. Ständig habe ich das Bedürfnis, mein eigenes Universum zu verlassen – nicht wegzugehen, weg in eine andere Stadt, in ein anderes Land, sondern weg aus dem Kreis der mir bekannten menschlichen Gewohnheiten – ich suche die Einsamkeit, in gewissem Sinne suche ich die Konzentration, damit ich mich nicht verliere, mich nicht auflöse. Deshalb gehe ich gerne schwimmen. Und ich fliege gerne: die Kabine ist eine kleine, stabile, ruhige Welt.

Sobald man am Himmel ist, gibt es nichts anderes mehr, da ist man alleine im Cockpit mit all den Schaltknöpfen. Ringsum ist einzig die Luft. Nichts als die Leere ringsum. Jeder Gedanke, der nicht den Himmel oder die Pilotenkabine betrifft, wird unwesentlich.

Wenn man ein Flugzeug lenkt, muss man dauernd die Instrumente überwachen und darf sich niemals ablenken lassen: eine kleine Unachtsamkeit genügt, um die Kontrolle zu verlieren. Beim Fliegen darf man dem Instinkt nicht trauen. Beim Fliegen betrügt einen der menschliche Instinkt, man muss sich davor in Acht nehmen.

Der Mensch ist im Flugzeug nur zur Hälfte Vogel, ein Vogel ohne den richtigen Instinkt, einer, der ständig die Todeszone streift.

Doch heute habe ich meiner Frau versprochen, nicht mehr zu fliegen. Und so ist es. Ich werde nicht mehr fliegen.

Heute früh verließ ich Chiasso, als es noch dunkel war. Kurz vor elf kam ich in Luzern an und hatte gleich Anschluss nach Interlaken. In Luzern stiegen etliche Rekruten und einige Wachtmeister zu, die ich kannte. In letzter Zeit sprach man vor den Übungen öfters über Unfälle. Ein wenig aus Aberglaube, aber auch weil die Vorgesetzten dies von uns verlangten (wir mussten über die Unfälle der anderen nachdenken, die Unfallberichte studieren, uns die Fehlgriffe der Piloten merken, damit dem Zufall so wenig Raum wie möglich blieb).

In meiner Agenda, wo ich ordentlich alle Ein- und Ausgaben, Zugfahrpläne, Zahnarzttermine, die bereits gelesenen Bücher aufführe und jene, die ich noch lesen will, in meiner Agenda, neben den Namen der Verputzfarben und den Statikberechnungen, den Skizzen architektonischer Details und dem Theaterprogramm, neben den Notizen über Konzerte und neue Einspielungen, die ich hören, oder Bilder, die ich noch sehen möchte, habe ich mir zu jedem Unfall ein paar wichtige Angaben notiert.

7. Januar 1960: Peter B., geboren 1936. Er schloss gerade seine Ausbildung zum Linienpiloten ab. Peter B. war das einzige Kind einer Witwe (!). Während eines Erkundungsflugs über der Schweizer Seite des Bodensees unterliefen dem Kommandanten einer Patrouille eine Reihe Unachtsamkeiten, sodass die Venom in einen von den drei vor ihm fliegenden Flugzeugen verursachten Luftstrudel geriet und plötzlich wegkippte. Wegen der hohen Geschwindigkeit und dem geringen Bodenabstand gab es keine Rettung für den Piloten.

12. Februar 1960: die zwei Piloten Armando M., geboren 1931, und Richard U., geboren 1937. Die Ursache des Unfalls ist ein Schneesturm; das Wetter war schrecklich, dem Flugzeug misslang eine Volte, es geriet ins Trudeln und zerschellte ausgerechnet am Fuße des Pilatus (!).

22. März 1960: Heinz Z., geboren 1935, Student an der ETH in Zürich (in meinem Jahrgang!). Wahrscheinlich blendete ihn während des bodennahen Flugs über dem Parsenn-Gebiet oberhalb von Davos die Sonne, wodurch er die Entfernung zum Boden und insbesondere zum Berg nicht mehr abschätzen konnte, sodass die Venom schließlich gegen den Felsen prallte und in zwei Teile zerfiel.

23. März 1960: der Konditor Arnold D., geboren 1937. Der Unfall geschah wegen einer Kollision mit einem anderen Flugzeug der Patrouille: Der Pilot sprang mit dem Schleudersitz hinaus, stieß aber im Sprung mit einem Bruchstück des Flugzeugs zusammen und wurde bewusstlos. Der offene Fallschirm brachte ihn auf den Boden, wo er sich im Dach eines Stalls verfing. Der Soldat hing im Leeren ohne das Bewusstsein wiederzuerlangen (!!!). Einige Touristen kamen ihm zu Hilfe, doch starb er, noch bevor er im Spital ankam.

Im Sommer gab es dann eine Pause, aber nach einigen Monaten fingen die Unfälle wieder an:

22. September 1960: der Leutnant Peter T., geboren 1935, Berufsmilitärpilot. Am Steuer einer Venom mit defektem Horizontkreisel kam er in eine dichte Wolkenschicht, es gelang ihm nicht die Gleichgewichtslage zu halten, die Maschine geriet ins Trudeln und stürzte in der Nähe von Chur zu Boden.

5. Oktober 1960: Rudolf H., geboren 1924, Swissair-Pilot und Vater von vier Kindern, das älteste sechsjährig, das jüngste einjährig (!!!). Sein Flugzeug prallte gegen einen Gipfel des Silvrettagletschers, man weiß nicht, warum der Pilot die Kontrolle verlor, ob er eine Landkarte studierte oder auf die Fluginstrumente blickte.

Dieses Jahr vierzehn Unfälle, davon sieben tödliche.
Der letzte vor zwanzig Tagen, Rudolf H.
Am 5. Oktober. Heute ist der 25.
Sieben tote Piloten sind viel in einem einzigen Jahr.

Die «Sargschraube» – so nennt man sie in unserem Jargon, die Spirale, in welche das Flugzeug gerät, wenn der Pilot die Kontrolle verliert –, sie ist letztlich die primäre Ursache für einen tödlichen Ausgang. Bei einer Volte reicht die kleinste Unachtsamkeit und das Flugzeug gerät ins Trudeln: Wieder in die normale Fluglage zu gelangen, ist dann vor allem Glücksache.

Ist es das, was mir gefällt? Das Gefühl, stets im Umkreis der Todeszone zu sein? Ist es *auch* das? Die Vorgesetzten zeigen uns jedes Mal den Untersuchungsbericht, den wir jedes Mal mit ihnen und untereinander besprechen müssen. Dies bewog mich aber nie dazu, das Fliegen aufzugeben: Ich gebe zu, wenn ich noch am Boden bin, in den Stunden unmittelbar vor dem Abflug, stört mich die Vorstellung vom mitfliegenden Tod, sie wühlt mich auf und beunruhigt mich, doch sobald die Maschine sich vom Boden löst, befinde ich mich in jener anderen Dimension, die mir stärker entspricht, und alles ist wieder gut.

Im Zug, der uns zum Flughafen von Interlaken fuhr,

war deshalb die Stimmung unter den Piloten an jenem Morgen ziemlich angespannt. (In Wirklichkeit war sie es schon seit etlichen Monaten.)

Jemand versuchte einen Witz zu machen.

Da sagte ich, dass meine Frau mich gebeten habe, mit dem Fliegen aufzuhören, dass sie es sogar in einem Brief geschrieben habe, wobei ich meine Hemdtasche berührte, wie um mich zu vergewissern, dass der Brief noch da war. Sie verlangt, dass ich nicht mehr fliege, sagte ich, und diesmal werde ich tun, was sie verlangt. Ich habe ihr heute gesagt, das werde mein letzter Flug sein.

Der Himmel war fast wolkenlos und im Tal lag leichter Föhn. Weißt du, ich habe es ihr versprochen, ich habe versprochen, nicht mehr zu fliegen, wiederholte ich dem Soldaten, der mir gegenübersaß. Er zeigte sich nicht erstaunt. Eine blasse Herbstsonne tauchte die windbewegten Bäume vor dem Fenster in milchiges Licht. Hör auf, sagte er nach einer Weile, flieg nicht mehr. Du hast doch ein Kind, sagte er. Ja, mein Kind, sagte ich, und musste lächeln.

Der Zug fuhr langsam bergauf Richtung Meiringen: Hergiswil, Alpnach Dorf, Sarnen, Giswil … Danach das Tal, Brienz, der gekräuselte See, dunkelgrün, beinahe grau, und schließlich Interlaken. Pünktlich. Beim

Aussteigen bemerkte ich, dass ich leichte Kopfschmerzen hatte. Vielleicht wegen des Winds. Und jetzt weiter zu Fuss, den Rucksack geschultert, vom Bahnhof zum Militärflugplatz, der eingezwängt in einer Schlucht liegt.

Der Militärflugplatz von Interlaken gefällt mir, mit seiner Piste, die die ganze Talsohle einnimmt, den überhängenden Bergen, eisern, grau, starr, elementar. Dort fällt es schwer, Witze zu machen.

Währenddem jeder von uns die Formalitäten erledigte, eingebunden in den beruhigenden Ablauf der Vorbereitungen – das Eintragen der Daten ins Dienstbüchlein, die Prüfung des Schuhwerks, die Entgegennahme des Fliegeranzugs –, hörte man nur noch das Geräusch der Schritte, das schnelle Blättern der Papiere und die kargen Worte der Vorgesetzten. Unter den Kameraden herrschte Schweigen. Jeder hatte bereits seinen Kommentar zu den Unfällen des vergangenen Jahres abgegeben, einige behaupteten, die Maschinen, die Venoms und die Hunters, seien fehlerhaft. Andere, die besonders begeisterten und eingefleischten Flieger unter uns, jene, die nie aufgeben würden, verließen sich weiterhin auf ihre eigenen Fähigkeiten, auf die absolvierten Flugstunden, auf ihr Konzentrationsvermögen.

Für die Armee handelt es sich immer um menschliches Versagen. Dem zu entgegnen ist schwer, da menschliches Versagen beim Fliegen immer eine reale Möglichkeit darstellt.

Im vergangenen Jahr habe ich mehrere Beurlaubungen und Aufschübe beantragt. Zuerst wegen der Prüfungen, dann wegen der Geburt des Kindes und wegen des Diploms. Dazwischen bin ich auch noch krank geworden. Dann aber habe ich es geschafft. Ich habe mit

Bestnoten mein Diplom gemacht, selbst wenn der Beruf, den ich gewählt habe, mich nicht mehr überzeugt. Jetzt bin ich Bauingenieur, diplomiert von der ETH Zürich. Zum Stolz meiner Eltern, vor allem meines Vaters, ehemaliger Primarlehrer, heute ein kleiner Angestellter bei einer Speditionsfirma, Blumenabteilung. Unsere Familie musste nie etwas entbehren, obschon mein Vater aus einfachen Verhältnissen stammt, Sohn eines Wachtmeisters der waadtländischen Gendarmerie, kein Akademiker.

Wie viele Illusionen, wie viele Enttäuschungen, wie viele schmerzhafte Konflikte: Meine Eltern wollten nicht, dass ich so früh heirate, noch viel weniger wollten sie, dass ein Kind kommt, auch wollten sie nicht, dass ich die Armee verlasse, die schließlich eine solide ökonomische Zukunft sichert. Meinem Vater habe ich nicht gesagt, dass ich mit dem Fliegen aufhören wollte, dass meine Frau es so wünschte.

Wie viele Konflikte – gewiss, jetzt aber, da ich hier bin, unter dieser groben Decke, scheint alles fern und sinnlos. Absurd. Oder vielleicht steht, wie ich bis vor wenigen Jahren noch glaubte, hinter jedem Ereignis, sei es noch so unerwartet und unverständlich, ein Wille, ein Plan. «Jeder, der nur noch acht Tage zu leben hat, wird nicht finden, dass der Vorteil darin bestehe zu glauben, all dies sei eine Fügung des Zufalls ...», schreibt mein geliebter Pascal ... «Wenn uns jedoch die Leidenschaften nicht festhielten, so wären acht Tage und hundert Jahre das gleiche.»

Aber die Leidenschaften beherrschen uns, und jeder hat eigene Fantasien, die sich manchmal gegen das eigene Wohl richten, ja sogar gegen die Vorstellung vom eigenen Wohl, was doch wirklich erschütternd und seltsam ist.

Wegen der vielen Beurlaubungen musste ich heute zusätzlich zum Tagessoll, dem D.T.K. mit dem Rest der

Truppe – ein Zielanflug gegen die Felsen von Ebenfluh – noch eine Schießübung nachholen.

Wir brachen kurz nach 15 Uhr auf, eine doppelte Patrouille, acht Flugzeuge, acht Piloten. Es war immer noch windig, und ein paar fransige Wolken lagen am bleichen Himmel. Nach dem Start aber ist der Himmel etwas ganz anderes, eine andere Dimension: Sobald das Innenohr neutralisiert ist und damit der Gleichgewichtssinn, verschiebt sich das Gravitationszentrum und die Identität löst sich auf. Fünfzehn Minuten Flugtraining, alle zusammen, dennoch jeder für sich allein, in absoluter Einsamkeit. Danach habe ich mich von der Gruppe gelöst, um die Schießübung nachzuholen. Nach der Übung holte ich die Formation, die auf mich wartete, wieder ein, und wir meldeten, wie vorgeschrieben, unsere Absicht, in Meiringen zu landen, worauf wir vom Boden die nötigen Anweisungen erhielten. Dreiundzwanzig Minuten nach dem Start, als der Landeanflug eingeleitet wurde, sah ich die Warnlampe aufleuchten, und ich wusste sogleich, um was es ging: Das Triebwerk war ausgefallen. Aus einem der beiden Treibstoffbehälter kam kein Kerosin mehr, der andere war leer. Ich wusste, dass der Hunter für diesen Fehler anfällig ist, das hatten sie uns während der Weiterbildungskurse immer und immer wieder gesagt. Doch ich hatte mich ablenken lassen. Vielleicht war die Warnlampe bereits vor einigen Minuten aufgeleuchtet, auch hätte ich überprüfen müssen, ob beide Treibstoffbehälter sich gleichzeitig entleeren. Da waren immer noch diese leichten Kopfschmerzen. Das Reglement gibt die Erlaubnis, in solchen Fällen den Reservetreibstoff zu gebrauchen, doch es waren nicht einmal die für eine Landung nötigen zweihundert Liter vorhanden. Es blieb mir nichts anderes übrig, als ein Notmanöver auf der Piste von Meiringen zu versuchen. Was ich sofort via Funk meinen Vorgesetzten am Boden meldete.

Plötzlich überkam mich eine erschreckende Leere: Ich sah mich den Triebwerkschalter drücken, ich sah mich den Steuerknüppel mehrmals betätigen, den Schleudersitzauslöser und kurz danach den Notgriff suchen (mit den Hunters hatte ich wenig Flugerfahrung, nur 28 Stunden, was sehr wenig ist für die Situation, in der ich mich befand).

Mit 550 km/h raste ich auf die Piste zu und wollte die Geschwindigkeit reduzieren, indem ich den Landebremsschirm auslöste, doch dieser hielt der Luftbelastung nicht stand und riss sofort. Wegen des Hydraulikdruckabfalls hatten das Fahrwerk und die Landeklappen Mühe, auszufahren. Das Flugzeug, über das ich die Kontrolle komplett verloren hatte, streifte die Piste ein erstes Mal mit höchster Geschwindigkeit, dann erhob es sich wieder und fiel erneut mit der Schnauze nach unten. In diesem Moment löste sich beim Aufprall auf den Asphalt das Vorderrad des Fahrwerks, wobei ich nicht weiß, wie es herausgekommen war. Als das Flugzeug zum dritten und letzten Mal den Boden berührte, geriet es von der Piste ab und überschlug sich mehrmals.

Es gab ein Riesengetümmel von Soldaten und Fahrzeugen, dann haben sie mich hier wieder zusammengesetzt, am Rande der Piste, sie haben alles abgesperrt, weil sie wahrscheinlich eine Untersuchung durchführen mussten, ähnlich wie die vielen, die wir in all den vergangenen Monaten, in all den Jahren lesen, kommentieren und prüfen mussten.

Als die Arbeit zu Ende war, gingen sie fort: Ja, es ist dunkel jetzt und bestimmt sehr kalt hier in den Bergen. Doch ich spüre keine Kälte. Weder Hunger noch Müdigkeit. Ich spüre nichts. Man fühlt sich wohl so, ohne Schmerz. Ohne Sehnsucht, ohne Not, ohne Hoffnungen.

Hier, neben mir, muss jemand sein. Ein junger Mann in Uniform, ich kenne ihn nicht. Er war es, der eine Decke über die Reste gelegt hat, die einst mein Körper waren, nachdem alle anderen bereits fort waren. Er nahm den Brief meiner Frau aus der Hemdtasche, brachte die Uniform in Ordnung, breitete dann die Decke aus und setzte sich hierhin: Er wacht über mich, und ab und zu flüstert er ein Gebet. Wer weiß, ob er den Brief lesen wird. Aber das ist nicht wichtig. Er scheint ein braver Junge zu sein. Wahrscheinlich ist er kein Pilot.

Was für eine Stille hier, zwischen Decke und Wiese, nach all dem Lärm.
Ich habe die Todeszone überwunden.
Ich bin darüber hinweg.
Wollte ich es? War es Zufall? Schicksal? Das Absurde?
Das sind nun die Fragen der anderen.

Hier ist nur Stille.
Nur das zählt jetzt für mich.
Eine leise, gedämpfte, gleichförmige Stille.
Eine Stille ohne Leidenschaften, egal, ob sie acht Tage oder tausend Jahre dauern wird.

Heute habe ich meiner Frau versprochen, nicht mehr zu fliegen. Nun aber fliege ich für immer.

WARTEZEIT

Der letzte Schritt der Vernunft ist die Erkenntnis,
dass es eine Unendlichkeit von Dingen gibt, die sie übersteigen.
BLAISE PASCAL

1959 stürzten in der Schweiz fünf Militärflugzeuge im Dienst ab. Vier der Piloten starben. 1960 stürzten sieben Flugzeuge ab. Acht Piloten starben. 1961 war ein glückliches Jahr, da stürzten nur zwei Flugzeuge ab und ein einziger Pilot wurde getötet. 1963 sieben Unfälle, sechs tote Piloten.

Wo bist du? Das Kind sitzt auf einer Mauer und schaut auf seine Schuhe.

Mein Vater stürzte am 25. Oktober 1960, um 15.55 Uhr ab, an einem fast wolkenlosen Tag, wegen einer Triebwerkstörung des Hunters, mit dem er flog. Auch er starb in diesem kleinen Krieg, der in der Schweiz das ganze Jahrhundert gedauert hat und bis heute, still und leise, weiterdauert.

Wo bist du? Die Frage stellt sich am Abend, zwischen Bett und Schlaf.

Die Auseinandersetzung mit den Papieren meines Vaters begann im Frühjahr 2001, als mein Onkel, den ich dreißig Jahre lang nicht mehr gesehen hatte, mir die Dokumente über den Unfall schickte, die er und mein Großvater für mich aufbewahrt hatten. Große weiße Umschläge, mit blauer Kugelschreiberschrift: *Anna* oder *André* oder einfach *Accident.*

Wo bist du? Mit geschlossenen Augen, den Kopf auf dem Kissen, sieht das Kind des Piloten, wie er langsam vom Himmel fällt und in der Schwebe bleibt. Ein Wolkenschatten zwischen den Wolken.

Auch schickte er mir Fotos, auf denen sie beide noch

klein waren, die Zeugnisse der Schulen, die er und mein Vater besucht hatten – die zwei Brüder waren nur ein Jahr auseinander –, er schickte mir die Flugbücher, das Dienstbüchlein, die Agenden, die Hochzeitsanzeige meiner Eltern, eine Fotokopie des Briefs, in welchem mein Vater ihm meine Geburt ankündigte, alle Zeitungsausschnitte auf Französisch, Deutsch, Italienisch mit den Agenturmeldungen über den Unfall, die Todesanzeigen, die Berichte der Lokalzeitungen über das Begräbnis im Beisein der Armee.

Und wenn er nicht tot ist, wenn er einfach irgendwo wartet, um zu schauen, was aus seinem Kind wird? fragt sich das Kind.

Die abstrakte Figur, die seit der Kindheit alle meine Gedanken beherrschte, fand in den Dokumenten plötzlich eine Entsprechung: Datum, Ort, Zeit, davon sprachen die Blätter, die mein Onkel mir zukommen ließ.

Und wenn er einen Fallschirm gehabt hätte? Vielleicht hatte er ja einen Fallschirm und konnte sich retten. Dieser Gedanke kommt bis zur Schulbank. Er kommt mit den Klecksen ins Heft, zwischen zwei Rechtschreibfehlern.

Als ich das Material von meinem Onkel erhielt, habe ich alles sofort gelesen und angeschaut, doch merkte ich bald, dass ich alles gleich wieder vergaß, als wollte sich der Kopf die schlichten Lebensdaten nicht einprägen, die in den Papieren auftauchten. Monate vergingen, bis ich die Blätter wieder zur Hand nahm, und jedes Mal kam es mir vor, als nähme die Informationsmenge zu, während meine Fähigkeit, sie einzuordnen, abnahm.

Und wenn ich ihm gefalle, wird er dann zurückkommen? denkt das Kind.

Das unerwartete Eintreffen der Dokumente markierte allerdings eine deutliche Wende: Die Papiere sagten mir, dass du gelebt hast, dass du, den ich bisher immer bloß erahnen wollte, um dein Bild fern von konkreten Tatsachen und logischen Schlüssen zu bewahren, und es so in der unverrückbaren Ferne eines Mysteriums zu halten, tatsächlich aus Fleisch und Blut warst.

So beginnt das Kind, auf ihn zu warten, ein regelrechter Sog: von morgens früh, wenn es aufwacht, bis abends spät, wenn es einschläft, ist es wachsam und lauscht.

In den kleinen Agenden finden sich Reisenotizen, Skizzen architektonischer Details, Büchertitel, Zugfahrpläne, minutiöse Angaben zu den Auslagen. Einige Monate nach der Ankunft des ersten Pakets bat ich meinen

Onkel um weitere Auskünfte über die Jahre, welche die Familie in Tunesien verbracht hatte, und so kam ich zu einer Schilderung der Reise und des Aufenthalts. Dass er eine viel zu schöne Jugend gehabt habe, um sich von trüben Gedanken überwältigen zu lassen, schrieb dein Bruder, dass er fern von Zuhause gelebt habe und ihm deshalb dein Tod nicht so definitiv vorgekommen sei. Er sagte, für die Großeltern sei es anders gewesen, sie hätten sich davon nie erholt noch sich damit abgefunden, und mich so selten zu sehen, sei zusätzlich schmerzhaft gewesen. Kein Groll lag in den Worten meines Onkels. Vielmehr war da eine Natürlichkeit und Aufrichtigkeit, wie ich es noch nie erlebt hatte.

Die Welt ist voller kleiner Zeichen seiner Anwesenheit, man muss sie nur suchen, nur finden wollen, denkt das Kind.

Im Flugzeug, Marke Hunter MK58, war mein Vater am 25. Oktober des Jahres 1960 allein. In der Hemdtasche trug er einen Brief meiner Mutter. An jenem Morgen hatte sie ihn zum hundertsten Mal gebeten, nicht mehr zu fliegen. Das schrieben auch die Lokalzeitungen am 29. Oktober im Bericht über sein Begräbnis und zitierten dabei die Staffelkameraden, sie schrieben, meine Mutter hätte ihn wiederholt gebeten, mit dem Fliegen aufzuhören, und aus diesem Grund habe er seinen Kameraden gesagt, er hätte sich entschieden, dass dies sein letzter Flug werde.

Das Kind sitzt am Boden und blättert in einem Bildband, es stellt sich vor, wie der Pilot durch die Glastür hereinkommt, die zum Garten führt.

Der Brief, den er bei sich trug und dessen Inhalt ich nur ungenau kenne, wurde von einem Rekruten gefunden, der zum Zeitpunkt des Unfalls zufällig am Flughafen von Meiringen war. Diesen Mann, heute ein pensionierter Elektrotechniker und leidenschaftlicher Speerfischer, kannte ich nur flüchtig. Vor einigen Jahren hatte er mich aufgesucht, um mir zu erzählen, wie es dazu kam, dass er zum Zeitpunkt, in dem das Flugzeug meines Vaters abstürzte, zufällig in der Nähe der Landepiste war: Er hatte leichtes Fieber und blieb deshalb im Krankenzimmer, während die anderen zur Übung gingen. Damals befand sich das Krankenzimmer direkt neben der Piste, exakt gegenüber der Stelle, wo das Flugzeug meines Vaters in den Graben geriet.

Dein Papa sprang immer von hier aus, sagt Mama dem Kind und zeigt auf das flache, geländerlose, kiesbedeckte Dach eines Bootshauses, das in den See hinausragt. Das Kind kann noch nicht schwimmen.

An einem Septembertag des Jahres 2007 besuchte mich M. auf seiner Rückreise aus Sharm El-Sheikh, wo er im Roten Meer regelmäßig tauchen geht. Er sagte mir, er spüre noch immer die Last jener Geschichte, die er mehr als vierzig Jahre lang niemandem erzählt habe. Er sagte mir, es gebe einige ganz klare Bilder von jenem Tag in seinem Gedächtnis. Er sagte mir, als er mitten am Nachmittag den Knall und die Explosion gehört habe, sei er hinausgestürzt. Der Unfallort sei sofort abgesperrt worden, um die Untersuchung durchzuführen, der Leichnam meines Vaters sei auf der Wiese neben dem Graben, in den das Flugzeug geriet, zusammengesetzt und dort liegen gelassen worden. Dann seien sie alle weggegangen, sagte er. Zuerst wusste er nicht, was er tun solle, er wollte ihn nicht alleine lassen, er kannte ihn nicht, aber sein Bruder, der auch Pilot war, hatte ihm von ihm erzählt, die anderen waren ja alle bereits gegangen, und so habe er bei ihm gewacht. Die ganze Nacht hindurch. Er selbst habe eine Decke über die Leiche gebreitet und so den Brief gefunden, den er, ohne ihn zu lesen, meiner Mutter zukommen ließ.

Das Kind läuft über den Kies, geht aber nicht bis zum Dachrand. Es ist vorsichtig, es fürchtet sich vor dem Sprung ins Leere. Sollte er kommen, soll er es bereit antreffen. Lebend.

Mein Vater, Kurt André Ruchat, wurde in Corseaux, im Kanton Waadt, am 12. März 1936 geboren und am 19. April 1936 in Bern im protestantischen Glauben getauft. Die Familie zog dann nach Chiasso. Sein Vater, der das Primarlehrerdiplom besaß, arbeitete für eine Speditionsfirma und musste sich mit der Schließung der Grenzen eine neue Arbeit suchen. Er wurde vom Politischen Departement in Bern angestellt und in den ersten Monaten des Jahres 1945 nach Tunis versetzt, um dort vorübergehend die Anliegen der Schweiz und Italiens im Namen der Alliierten zu vertreten. Am Ende des Sommers 1945 – kurz nach dem Bombenangriff auf Hiroshima – zogen auch seine Frau und seine Kinder nach Tunis. Zum ersten Mal flog mein Vater auf der Reise von Marseille nach Tunis mit einer dreimotorigen Cocker, ein Transportflugzeug der französischen Armee, ohne Sitze. Mit sechzehn reichte er den Antrag ein, der Luftwaffe beizutreten, mit siebzehn bestand er den Eignungstest. Als er neunzehn wurde, unterzeichneten seine Eltern im Juli 1955 die Flugbewilligung, und er begann die Ausbildung. 1957, mit einundzwanzig, im Jahr der «Schlacht von Algier», erhielt er das Pilotenbrevet.

Zu Hause bei dem Kind spricht man nicht vom Piloten. Vom Piloten spricht man nicht, weil man auf ihn wartet. Dies denkt das Kind, und die Vorstellung des Wartens beruhigt es.

«Was uns in *Der Fremde* ansprach», schreibt Uwe Timm in einem deiner Generation gewidmeten Buch, «war die Abgrenzung von all dem, was Konvention war, die Infragestellung der großen Gefühle und Tugenden: Nation, Familie, Heimat, Pflicht, Glaube, Treue. Das hatten wir herausgelesen, die Kühle, den Zweifel, keine Gewissheit, den Wunsch nach Konsequenz, die *Leidenschaft Denken,* das vor allem, sich nicht vorschnell mit Widersprüchlichem zu versöhnen, keine Lauheit dulden.»

Wenn es schläft, sieht das Kind den Piloten, es sieht seinen Vater, real und greifbar, wie er vom Sprungbrett hinun-

terschaut und dem Kind zulächelt, mit dem gleichen Lächeln wie auf den vielen Fotos im Haus, auf denen er das kleine Kind auf dem Arm, auf den Schultern oder auf dem Bauch hält, während er auf dem Bett liegt.

Was war wohl Afrika für dich, das Tunesien deiner Kindheit? der Algerienkrieg? war es Camus: «Die *tristesse africaine* du père»?

Am 28. Juni 2008 stirbt die Großmutter mütterlicherseits, und so kommt Camus zu mir, den ich bisher nur in der Schule gelesen habe, ohne dabei zu verstehen, welche Bedeutung er für euch hatte. Mama hatte mir von eurer Leidenschaft für Sartre erzählt, davon, wie du für Saint-Exupéry geschwärmt hattest, ich besitze deine französischen Ausgaben von Heideggers *Was ist Metaphysik,* Apollinaires *Ombre de mon amour* und auch Gérard de Nervals *Poésies,* aber Camus ...: *L'homme révolté.* Deine Ausgabe, mit dem Namen *André* und ohne Datum, war bei Großmutter geblieben, zusammen mit deinen anderen Büchern von Camus. Wahrscheinlich hatte sie Mama bei ihr liegengelassen, nicht versteckt, nur zurückgelassen, ohne besondere Absicht, so wie alles, was zu sehr an dich erinnerte. Jetzt, wo Großmutter gestorben ist und auch ihr Haus geräumt wurde, habe ich die Bücher mitgenommen. Und als ich *Le mythe de Sisyphe* aufschlage, fällt mir eine Zeile auf, in deiner Handschrift: *7. 11. 1960 Anna Flora e André.*

Dann eine lange Linie am Rand mit einem Ausrufezeichen: «Ce divorce entre l'homme et sa vie, l'acteur et son décor, c'est proprement le sentiment de l'absurdité. Tous les hommes sains ayant songé à leur propre suicide, on pourra reconnaître, sans plus d'explications, qu'il y a un lien direct entre ce sentiment et l'aspiration vers le néant.» Und ein paar Seiten weiter noch eine Hervorhebung: «Espoir d'une autre vie qu'il faut mériter, ou tricherie de ceux qui vivent, non pour la vie elle-même, mais pour quelque grande idée qui la dépasse, la sublime, lui donne un sens et la trahit.»

Im Traum federt er in den Knien und springt dann, Kopf voran. Als er in der Luft schwebt, den Körper in der eleganten Bewegung des Sprungs leicht geneigt, die Hände geschlossen, die Arme über dem Kopf gestreckt, merkt das Kind, dass das Schwimmbad leer ist, und wacht auf.

«In einem außer Kontrolle geratenen Flugzeug», schreibt William Langewiesche in *Inside the Sky,* «denkt man nicht an Gott, ans Leben oder an den Tod, man konzentriert sich vielmehr auf konkrete Lösungen, dadurch dehnen sich Raum und Zeit aus.» Doch ist das immer so? Langewiesche untersucht Fälle, in denen Flugzeuge, die ins Trudeln geraten waren, wieder die normale Fluglage erlangten, er spricht über seine eigene Erfahrung, über seine eigenen Reaktionen. Weiter unten zitiert er J. B. Jackson und schreibt: «Man gibt die gewohnte Perspektive auf, die gewohnte Art, die Welt zu sehen und wahrzunehmen; in der Auftriebsphase werden wir das Zentrum eines abstrakten und beweglichen Universums. Alle Nerven, alle Muskeln des gesamten Körpers sind einbezogen. Gelingt es einem, dies zu erfassen, kommt es zu einer beinahe mystischen Erfahrung: Für einen Augenblick scheint sich die Identität aufzulösen.»

Wenn das Kind die Großeltern väterlicherseits sieht, wie sie es mit Tränen in den Augen anschauen, denkt es, dass es wahrscheinlich besser sei, nicht mehr auf den Piloten zu warten. Dieser Gedanke verwundet sein Hirn.

Es will die Großeltern nicht mehr sehen.

Dann, im März 2008, entschied ich mich, mir den Ort anzuschauen, wo mein Vater abgestürzt war. Bis dahin war Meiringen bloß ein Name, wie Auschwitz oder Stammheim. Doch ich entschied mich, nach Meiringen und nicht nach Auschwitz zu fahren, und ich tat es mit einem Fotografen. Erste Etappe Interlaken, dort wo dein Flugzeug gestartet war. Auf den Postkarten am Kiosk und in den Souvenirläden entdecke ich, dass wir uns am Fuße der Jungfrau befinden. Ich frage die Kioskfrau, ob es in Interlaken einen Militärflughafen gibt. Es gab mal einen, antwortet sie mir, er ist nicht mehr in Betrieb, und sie zeigt vage in eine Richtung.

Wenn Mama abends ausgeht, stellt sich das Kind vor, sie würde zum Piloten gehen. Wenn er sie bloß nicht auch noch mitnimmt, womöglich nach Afrika, um dort noch mehr Kinder zu machen, viele Kinder mit vielen kleinen Schuhen.

Aus dem Hangar ist eine riesige Diskothek geworden, mit einem Parkplatz davor, welcher der Form nach einst Teil der Piste war. Wir erkennen den ehemaligen Flughafen an den Bunkern neben der eigentlichen Piste, die immer noch existiert. Der Bunker (heute eine Garage): eine Ausstülpung, als würde sich die Erde in eine Falte wölben, wie die Boa-Schlange, die den Elefanten gefressen hat. Ich parke und steige aus dem Auto. Zu Fuß nähere ich mich der Piste: Lieferwagen fahren blind hin und her, Männer in weißen Overalls steigen ein und aus, öffnen und schließen Schiebetüren, hantieren herum, es sind Männer in Zivil, man weiß nicht, was sie tun. Ein gemäßigtes Hin und Her neben den mit Gras getarnten Bunkern und den Pisten, eine mit Asphalt bestrichene Erde, zwischen strengen, aggressiven Bergen. Eisengrau ist die vorherrschende Farbe. Ich gehe auf der mittleren Piste wie auf einer Straße, aber es ist eine Piste, es ist die Piste, von der du am 25. Oktober 1960 zu einer Schießübung gestartet bist. Es ist, als würde der Asphalt an meinen Füßen festkleben, ein eisiger Wind, eine riesige Distanz zwischen mir und der Piste, zwischen mir und dir. Ständig frage ich mich, was ich hier eigentlich suche. Die Bilder aber dringen in mich ein wie Messerstiche.

In der Schule stellt der Lehrer eine Frage, das Kind hält die Hand hoch, es will antworten, die Hand bleibt in der Luft stehen. Der Lehrer stellt eine weitere Frage, und dann noch eine, schließlich fordert er das Kind auf zu antworten. Es antwortet auf eine der vorhergehenden Fragen: An was dachtest du? (Die anderen Kinder lachen.)

An nichts. Es wartete.

Danach Meiringen. Eine Piste verläuft am Berg entlang. Daneben erstreckt sich ein Graben, der irgendwann in der Erde verschwindet. Wenige Meter neben der Piste zwei große Bauernhöfe. Es liegt noch etwas Schnee. Ich stelle das Auto an den Graben. Wir steigen aus. In der Ferne sieht man ein Flugzeug starten, danach nur noch Raben und zwei tief fliegende Enten. In der Breite nimmt der Militärflugplatz fast das ganze Tal ein, zwei Pisten, eine davon scheint neueren Datums; der Kontrollturm auf der einen Seite, unterhalb des Bergs, sieht wie eine Raumfahrtstation aus, darunter ein braunes, älteres Gebäude, die anderen sind neue, niedrige, bläuliche Bauten. Wir treten ins Hauptgebäude, das auch eine öffentliche Kantine beherbergt. Niemand hält uns auf. Alles scheint sehr neu, effizient, computergesteuert. Da sind einige Militärs in Uniform, ein Pilot im Tenue Blau kommt aus der einzigen Tür, die zum breiten, sonst leeren Gang führt. Es gibt eine Art Empfang und zwei Schwarze Bretter: neben Dienstmeldungen hängen Fotos, die für die Aktivitäten des seit 1941 aktiven *Flugplatzkommando Meiringen* werben, mit Silhouetten der Flugzeuge, die sich am blauen Himmel abzeichnen, als handle es sich hier um ein Wellnesscenter. Das gesamte Gebiet ist Militärzone, doch es gibt weder Stacheldraht noch Elektrozaun, noch werden wir angehalten oder befragt, als wären wir durchsichtig, nicht einmal der große Fotoapparat erweckt Fragen. Wir gehen hinaus und suchen den Graben, den man auf dem Unfallfoto von Peter Brotschi sieht, das in seinem Buch *Gebrochene Flügel* publiziert wurde. *Gebrochene Flügel,* eine Art Bestandsaufnahme der Flugzeugunglücke der Schweizer Armee im Laufe des 20. Jahrhunderts.

Familienangehörige und Freunde sind ein nicht unentbehrlicher Anhang. Das Kind und die Mutter bilden eine Einheit, eng verbunden durch Gesten, Regeln, Ortsveränderungen: Es gibt nur dieses eine Leben, keine ausgleichende Kraft im Jenseits. Kein Gott, keine Engel, keine Gebete.

Ich stelle das Auto hin und gehe den Graben entlang, im Schnee. Da ist der Bauernhof mit ein paar Ziegen, die dumm und hungrig in die Welt schauen. Wir überqueren einen Elektrozaun für die Kühe. Auf der anderen Seite des Grabens bellt ein Hund an der Kette. Alles ist mir völlig fremd: der Graben, die grauen Berge, der kompakte Asphalt der Piste, die kleinen Flugzeuge, selbst der Fotoapparat und die Person, welche die Fotos schießt. Am liebsten würde ich sofort weglaufen, andererseits könnte ich auch für immer hier bleiben, als wäre ich plötzlich eins mit diesem Tal, mit dieser Piste, dem Graben: als ginge mich das Leben nichts mehr an. Aber auch dieser Gedanke bleibt losgelöst von mir: In diesem von jeglicher Qual befreiten Zeitempfinden ist meine Präsenz hier etwas völlig Abstraktes. Dieser Ort, die Berge, die breiten Asphaltstreifen, die sich ins Tal ausdehnen, all dies scheint nichts mit mir zu tun zu haben, und gleichzeitig ist alles absolut wesentlich.

Warten ist ein Gedanke frei von jeglichem Zusammenhang, ein zwischen Himmel und Erde gespanntes Band.

Das Kind konzentriert sich und kommt nicht aus sich heraus. Es geschehen Dinge rundherum, es ist anwesend, doch sein Horizont richtet sich nach innen.

Auf der Rückreise Stille. Ich fahre. Die Reise zu dir sieht keine Begleiter vor. Ein kleines Heer von Personen hilft mir, die Mosaikstücke wieder zusammenzusetzen, aber ich gehe ohne sie weiter. Zu dir kommen bedeutet, am Wesen jener kargen, leeren Einsamkeit zu rühren, die du beim Fliegen suchtest.

Ich suche dich weiter, wider jegliche «Kapitulation vor der Absurdität der Existenz».

Das Kind wächst mit der Krücke des Wartens auf.

Im Januar 2008 stellte ich dem Bundesarchiv in Bern das Gesuch, die Akten meines Vaters einsehen zu dürfen. Im März erhielt ich die Erlaubnis. Nach Bern, in die Stadt deiner Mutter, ging ich im Monat August.

Als die Großmutter väterlicherseits stirbt, sieht das Kind, das mittlerweile eine junge Frau ist, zum ersten Mal den Friedhof, auf dem der Pilot begraben ist.

Am nächsten Tag geht sie in die Bibliothek und verlangt die Zeitungen vom Oktober 1960 zur Ansicht. Es ist Februar. Draußen, jenseits der großen Fenster der Biblio-

thek, liegt der Park, die kahlen Bäume, der stille See: will sie wirklich die Nachricht von seinem Tod schwarz auf weiß sehen?

Nach Bern ging ich am Donnerstag, den 28. August. Ich kam mit dem Zug an. Es war ein sonniger, ziemlich warmer Tag. Mit dem Bus Nr. 19 fuhr ich über die Brücke. Ich stieg bei der ersten Haltestelle aus, so wie die Homepage des Archivs es empfahl. Dann aber lief ich über eine halbe Stunde kreuz und quer durch das ganze Wohnquartier, bevor ich das Gebäude fand.

Die drei großen, gebundenen Bände werden auf den Tisch gelegt. Sie öffnet sie, tut so, als würde sie etwas suchen, wartet eine nicht allzu kurze Zeit, damit man nicht denke, sie hätte sie vergebens kommen lassen, und gibt sie wieder ab, ohne die Nachricht über den Unfall zu suchen.

Um elf Uhr befinde ich mich auf der Allee, die zum Bundesarchiv führt, ein großes Gebäude aus dem 19. Jahrhundert, mitten im Grünen. Mit einem leichten Druck auf die Klinke öffnet sich die schwere Eingangstür von alleine. Das Personal drinnen ist freundlich und gewissenhaft, ich muss meinen Ausweis hinterlegen und fast eine Stunde warten, bevor sie mir die Akten bringen. Während ich aufgeregt warte, gehe ich in den Garten und rufe S. an, der mit unseren beiden

Töchtern in Paris ist. Ich bin da, sage ich, gut, sagt er und schweigt, pass gut auf dich auf, sagt er nach einer Weile, bei euch alles o.k.?, frage ich, wir sind im Louvre, Paris ist schön und es ist nicht allzu warm, den Mädchen gefällt es. Wir hören uns später, sage ich. Ich lege auf und gehe wieder hinein. Ich kehre in die kompakte Stille des Lesesaals zurück: Nur das Geräusch der Schritte auf dem Parkett und das Rascheln der Seiten beim Umblättern ist zu hören. Die Akten kommen kurz danach.

Sie bringen mir ein enormes Konvolut, das sämtliche Unfälle von 1960 enthält. Fünfzehn persönliche Dossiers, dazu die Beschlüsse, die Sitzungsprotokolle der verschiedenen Kommissionen: der Ärzte der Luftwaffe, der Experten für elektromagnetische Wellen, der Kommission, die entscheidet, wie man Todesfälle kommuniziert.

Ich blättere die Akten durch, zunächst die Dossiers, die vor deinem kommen, ich schreibe mir die Details der anderen Unfälle, die Namen, die Daten, auf. Ich versuche, die von den verschiedenen Kommissionen erstellten Beschlüsse zu verstehen. Ich gehe jedoch sprunghaft vor, weil ich es eilig habe, zu dir zu kommen.

Dein Dossier ist das umfangreichste unter den acht Verunglückten von 1960.

Alle Papiere zu deinem *Curriculum* als Armeepilot sind in deinem persönlichen Dossier. Da sind die Ergebnisse deiner Prüfungen, die du regelmäßig absolvieren musstest, und sogar deine Aufsätze, in deiner unregelmäßigen Handschrift. Da sind die psychiatrischen Gutachten.

Die psychiatrischen Gutachten meines Vaters (das erste ist obligatorisch, das zweite zur Kontrolle), die in seinem Dossier im Berner Bundesarchiv enthalten sind, beschreiben ihn als eine ausgeglichene, ernste und verantwortungsvolle Person, von überdurchschnittlicher Intelligenz, mit vielfältigen Interessen im kunsthistorischen Bereich, die mühelos das Ingenieur-Studium an der ETH und die Armeeausbildung verbinden kann. Sie besagen, dass er ein einziges, nicht näher spezifiziertes neurotisches Symptom aufweist, das im Alter von neunzehn Jahren verschwand. Bei der ersten Untersuchung meldet er selbst jene «Stimmungsschwankungen», die den Sanitätsoffizier nach einem Jahr eine erste Kontrolle vornehmen lassen, die später aber «wegen eingetroffener Stabilisierung des Charakters» nicht wiederholt wird.

Das Dossier des Bundesarchivs enthält auch etliche Briefe meines Großvaters an den Oberst Zuber. Beharrlich verlangt und fordert Monsieur Paul Ruchat die militärischen Behörden auf, ein Dokument zu liefern, das Klarheit über den Unfall verschafft. Seine Korrespondenz mit der Schweizer Armee dauert in einem freundlichen, aber dezidierten Französisch während eines großen Teils des Jahres 1961 an. Dann, im Sommer 1961, mit dem Eintreffen des ausführlichen Gutachtens der Abteilung für Flugwesen und Fliegerabwehr aus Bern, bricht sie ab.

Im Dossier fand ich auch das Foto, das im Buch von Brotschi veröffentlicht wurde. Als ich zu den Fotos kam, begann ich mich zu entspannen. Über zwei Stunden waren seit der Ankunft der Akten vergangen: Die Lektüre bestimmter Dokumente war herzzerreißend, manchmal sogar qualvoll. Alles grub sich tief ein, lieferte zusätzliche Details, blieb jedoch in einem mir vertrauten Rahmen. Da war nichts, was ich nicht hätte erwarten können, alles entsprach weitgehend dem Bild, das ich von dir hatte.

Selbst die Fotos konnten also keine echten Überraschungen mehr in sich bergen.

Im gedämpften Lesesaal kam deshalb das Foto wirklich unerwartet. Roh und entweihend. Ich war bis zur minutiösen Rekonstruktion des Hergangs deines Todes gelangt, bis zur technischen Frage, mit der sich die Gutachter auseinandergesetzt hatten, ob dein Tod beim ersten oder beim zweiten Aufprall des Flugzeugs eintraf. Ich hörte auf zu lesen. Ich sagte mir, das lese ich das nächste Mal, blätterte um und schlagartig war das erste Foto da: Trümmer, vielleicht aus Metall, auf dem Asphalt der Piste verstreut. Ich habe sie sofort erkannt, die Piste, vor kurzem war ich dort, in Meiringen, gewesen. Sie erschien mir vertraut und unheimlich zugleich: Dieses erste Foto erfreute mich beinahe, da werde ich nun das Foto des Flugzeugs im Graben wiedersehen, dasjenige, das Brotschi veröffentlichte, jenes, das ich in- und auswendig kenne, und so dachte ich, gegenüber dem, was ich zuvor gelesen hatte, könne das Dossier keine Überraschungen mehr bergen, und in diesem Gefühl blätterte ich um.

Ich sah sofort, worum es ging, augenblicklich blätterte ich weiter, dann aber kehrte ich wieder zurück und starrte für einige Sekunden auf das Foto: im Vordergrund lag ein Kopf, dein Kopf, mit Helm, einige Meter weiter entfernt war der Körper und ein großer dunkler Fleck vor dem abgeschlagenen Rumpf.

Wieder wollte ich einfach nur weglaufen. Was suche ich eigentlich hier.

«Der absurde Mensch entdeckt eine Disziplin, die das Wesentliche seiner Kräfte ausmacht», schreibt der zynische Camus. Dein, euer Camus, in dem deine Geschichte ein für alle Mal eingeschrieben ist: für deine Frau, für deine engsten Freunde.

Um «Glanz und Nutzlosigkeit eines menschlichen Lebens» zu vermeiden, bist auch du weggelaufen. Stimmt das? Den unweigerlichen Mühen des Lebens, der Milde der Gefühle hast du dich entzogen, das glaubt jedenfalls noch heute diejenige, die du fürs Leben gewählt hattest. Meine Mutter.

Für die anderen ist der Unfall ein Schicksalsschlag, das Absurde: «Qu'est-ce en effet que l'homme absurde?» – lese ich in deinem Exemplar des *Mythe de Sisyphe* – «Celui qui, sans le nier, ne fait rien pour l'éternel. Non que la nostalgie lui soit étrangère, mais il lui préfère son courage et son raisonnement. Le premier lui apprend à vivre sans appel et se suffire de ce qu'il a, le second l'instruit de ses limites.»

Was mich betrifft, ist jeder Gedanke, den ich mit dir verbinde, steril und explosiv zugleich. Ich kann nicht behaupten, einen Weg gebahnt zu haben. Rückblickend war es der Zufall, der mich gelenkt hat, sowie der Entschluss, immer dort weiterzugehen, wo der Widerstand in mir am stärksten war. Hier, vor deinem Dossier im Lesesaal des Bundesarchivs, würde ich am liebsten aufstehen und weglaufen, allerdings ist mir auch bewusst, dass hier zu sein, auf diesen unbequemen Stühlen, hier vor deinem offenen Dossier auf dem nummerierten Tisch mit dem aufgeklebten Archivreglement, in erster Linie bedeutet, etwas Unbestreitbares und Entscheidendes körperlich zu erkennen: Der «Beweis», den ich auf meiner hartnäckigen Reise zu dir hin gesucht habe, liegt hier. Das Foto, das ein Mann von dir aufnahm, von dir als totem Mann, dieses Foto macht dich für mich schließlich menschlich.

DANK

Falls es stimmt, wie der Dichter und Freund Franco Beltrametti schreibt, dass «jedes Abenteuer letztlich einsam ist», dann stimmt auch, dass stets andere nötig sind, um das «Vermittelbare zu vermitteln»; folglich bedanke ich mich, *in absentia,* bei Franco für sein dichtes Schweigen und weil ich gerne daran glaube, dass er dieses Buch von mir erwartet hat.

Vor allem möchte ich meinem Onkel Roger Ruchat danken, der Dokumente, Fotos, Gegenstände und eine unversehrte Zuneigung für mich bewahrt hat.

Weiter danke ich Francesca Caminoli, Evita Casson, Laurie Hunziker, Cristina Göckel, Lucia Morello, Luigi Meroni, Mario Moretti und Roseanne Rogosin für ihre Unterstützung und ihren Beitrag im Suchen und Auffinden von Erinnerungsspuren.

Auch Antonio Moresco sei gedankt, weil er mich aufforderte, ein weiteres Kapitel zu schreiben, das als Angelpunkt zwischen dem ersten und dem letzten dienen sollte.

Schließlich bedanke ich mich bei Melitta Bretznik, Daniele Brolli und Simone Albonico, die mir bei der Durchsicht des fertigen Manuskripts wertvolle Hinweise zur weiteren Verknappung der Struktur und der Narration gaben.

DIE UEBERSETZERINNEN

MAJA PFLUG, geboren in Bad Kissingen, Übersetzerausbildung in München, Florenz und London, übersetzt seit über fünfundzwanzig Jahren italienische Literatur ins Deutsche, u. a. P. P. Pasolini, Cesare Pavese, Natalia Ginzburg, Fabrizia Ramondino, Rosetta Loy, Alberto Nessi. Sie wurde 1987 mit dem Premio Montecchio, 1999 mit dem Christoph-Martin-Wieland-Übersetzerpreis und 2007 mit dem Jane Scatcherd-Preis ausgezeichnet. Als Autorin veröffentlichte sie 1995 «Natalia Ginzburg. Eine Biographie», die auch ins Italienische übersetzt wurde. Sie lebt in München und Rom.

JACQUELINE AERNE, geboren 1964, wuchs dreisprachig in Ascona auf, lebt in Basel. Studium der Italianistik, Kunstgeschichte und Germanistik an den Universitäten Basel und Bologna. Seit 1996 als freie Übersetzerin tätig. Verschiedene Lehraufträge für Italienisch und literarische Übersetzung an den Universitäten Basel, Zürich und Tübingen. Im Limmat Verlag hat sie zusammen mit Thierry Greub und Orlando Budelacci «Das Gewicht eines gewendeten Blattes / Il peso di un foglio girato. Gegenwartslyrik im Grenzraum Schweiz Italien» herausgeben und übersetzt. Zudem übersetzte sie den Gedichtband «Bocksten» von Fabio Pusterla.

Mit Unterstützung von Pro Helvetia,
Schweizer Kulturstiftung
prohelvetia

Im Internet
› Informationen zu Autorinnen und Autoren
› Hinweise auf Veranstaltungen
› Links zu Rezensionen, Podcasts und Fernsehbeiträgen
› Schreiben Sie uns Ihre Meinung zu einem Buch
› Abonnieren Sie unsere Newsletter zu Veranstaltungen und Neuerscheinungen
www.limmatverlag.ch

Das *wandelbare Verlagsjahreslogo* des Limmat Verlags auf Seite 1 stammt aus dem Büchlein «So schreibt man ... Illustriertes Wörterbuch» aus dem Jahr 1962, herausgegeben und illustriert von Rudolf Blöchlinger im Verlag Arbeitskreis für ganzheitliche Unterrichtsgestaltung, St. Gallen: «Wird dir im *Meer* der Wörter bang, / dann frag von jetzt an nicht *mehr* lang. / Benutz' dies Buch mit sicherm Griff: / So schreibt man *schief* und so das *Schiff!*» Die wiedergegebene Zeichnung illustriert «die Dohle».

Die Zitate im Text stammen aus folgenden Publikationen:
- Blaise Pascal, *Gedanken.* Aus dem Französischen von Ulrich Kunzmann, Suhrkamp Verlag, Berlin 2012
- William Langewiesche, *Inside the Sky. A Meditation on Flight.* Pantheon Books, New York 1998
- Uwe Timm, *Der Freund und der Fremde.* Kiepenheuer & Witsch, Köln 2005

Die Fotos auf den Seiten 50, 59, 61, 66, und 79 sind von Giovanni Giovanetti, alle anderen Abbildungen und Fotos inklusive das Umschlagfoto stammen aus dem Familienarchiv von Flora und Anna Ruchat
Typographie und Umschlaggestaltung von Trix Krebs

Titel der Originalausgabe: *Volo in ombra*

ISBN 978-3-85791-683-0